影牢　現代ホラー小説傑作集

綾辻行人、有栖川有栖、加門七海、小池真理子、
鈴木光司、坂東眞砂子、三津田信三、宮部みゆき
朝宮運河＝編

角川ホラー文庫
23960

目次

浮遊する水　鈴木光司　5
猿祈願　坂東眞砂子　47
影牢　宮部みゆき　75
集まった四人　三津田信三　107
山荘奇譚　小池真理子　151
バースデー・プレゼント　綾辻行人　197
迷い子（まよいご）　加門七海　239
赤い月、廃駅の上に　有栖川有栖　281
解説　朝宮運河　319

浮遊する水

鈴木光司

　水道の水を飲もうとしてふと気になり、松原淑美は流しの蛍光灯にコップをかざした。額の高さでコップをゆっくり回すと、細かな気泡の浮遊する様が見てとれる。コップの底に付着していたのか、もともと水に含まれていたのか、気泡と絡まるようにして無数のゴミが一緒に揺れている。二口目を口に含もうとして気が変わり、淑美は顔をしかめて水をこぼした。

　やはり味が違う。武蔵野の借家から埋立地に建つ七階建てのマンションに越してきて三ヶ月になるが、水道水の味にはまだ慣れることができない。これまでの癖でつい一口飲んでしまうけれど、カルキとも異なる妙な臭みが鼻につき、飲み干すことは滅多になかった。

「ねえ、ママ。花火、やろうよ」

　もうすぐ六歳になる娘の郁子が、保育園の友達から分けてもらった花火の束を掲げ、居間のソファから声をかけた。淑美は、空のコップを手にしたまま娘の訴えを聞き流し、利根川の水源からの水の経路を頭に思い描いたりする。これまで住んでいた武蔵野の水の流れとはどこがどう違うのだろうと、水路を辿れば、なぜか黒々としたヘドロが脳裏に舞い上がる。この場所がいつ埋め立てられ、島と島の間を水道管がどのように這い回っているのか、淑美は知らない。ただ、東京湾の変遷を示す地図を見たところでは、昭和の初年頃、確かに今住んでいる埋立地は存在しなかった。時代時代の残滓で礎を築く、そのあやふやな足元を思うと、淑美のコップを握る手から力が抜けかけた。

「ねえ、ママったら」

八月末の日曜の夕暮れ、ますます濃くなってゆく闇に駆り立てられ、郁子は母に花火遊びを催促する。淑美は、流れる水をそのままに居間を振り返った。

「だって、花火をあげる場所なんて……」

運河に面したすぐ前の公園は現在工事中だし、近所に花火をあげる場所なんてないわよと言いかけて、淑美は、まだ一度もマンションの屋上に上がってないことに気付いた。

淑美と郁子の親子は、マッチとロウソクとビニール袋に入れた花火を持って四階のエレベーターホールに立った。上向きの矢印のボタンを押し、エレベーターを呼ぶ。

「いらっしゃいませ、何階ですか？」

ギューンと苦しそうな声をあげてやってきたエレベーターに乗ると、デパートのエレベーターガールを真似て、郁子が言った。

「七階をお願いします」

淑美は娘に合わせ、客になりきる。

「かしこまりました」

軽く頭を下げ、郁子は七階のボタンを押そうとするが、背が届かない。淑美は、その様子を見て、くすくす笑った。爪先立ちになって手をまっすぐに伸ばしても、郁子の人差指が届くのはせいぜい四階までのボタンだった。そのうち、エレベーターのドアは自動的に閉まりかけた。

「はい、残念でした」

と淑美が7のボタンを押すと、

「んもー」

と郁子は不服そうな顔をする。

指の先に階数ボタンのザラついた感触が残り、淑美は無意識のうちに麻のスカートでその手を拭いていた。エレベーターに乗るたび、黒く焼けただれた階数ボタンに暗澹たる気分にさせられる。階数を表示した1から7までのボタンの表面が、タバコの火を押しつけられて焦がされているのだ。すぐ横に貼られている禁煙のマークはなんの被害も受けてないのに、白いはずのボタンはひとつ残らず焼かれている。淑美は、社会にこういった無意味な行為をする人間の心理を思うたびに、うそ寒さを覚えた。

対する不満が鬱積しているのだろうが、その鋒先を他の人間に向けることはないのだろうかと。なにより恐いのは、そんな男（彼女は男と決めつけている）が、間違いなく自分たちが住むマンションのエレベーターに乗り降りしていることだ。母子家庭だけに、いざというときのことを考えると、不安感は拭えない。しかし、だからといって、男と暮らすことなどもうこりごりだった。

夫と暮らした二年間、守られていると感じたことは一度としてなかった。四年半前に別居し、その一年後正式に離婚が決まったときは、心底ほっとした。もともと男と暮らすことに適応できないのだ。松原家の伝統なのか、淑美の祖母も母も同じ道を辿り、母と娘とのふたりだけの生活が三世代にわたって続いている。今こうやって手を握る郁子も、将来結婚して子供はつくるだろうけれど、なんとなく夫婦生活は長続きしないような気がする。

エレベーターが止まりドアが開くと、東京湾がすぐ目の前に見えた。廊下に出て、左右を見渡す。エレベーターの両側に、四戸ずつ住戸が並んでいるのだが、どの住戸にも人の住む気配はなかった。築十四年のこのマンションは、バブルがはじけた後の後遺症を抱えていた。

二年ばかり前、この地に超高層インテリジェントビル建設の計画が急浮上し、マンションは近隣の雑居ビルと共に一旦は地上げの対象になった。しかし、住民の追い出しも思うに任せず、もたもたと足止めを食っているうちにバブルははじけ、ビル建設の計画は頓挫した。総戸数四十八戸のうち約半数が買収済みだったが、転売もままならず、そのうちの二十戸が相場をかなり下回る家賃で賃貸しに出されることになった。淑美は、その情報を不動産会社に勤める友人から得、以前から憧れていた海辺の生活を手に入れるチャンスとばかり長年住み慣れた武蔵野の借家を離れ、まったく環境の異なる埋立地に移る決意をしたのだ。夫の匂いの残る武蔵野の家には我慢ならなかったし、母の死んだ今となっては、保育環境の整った港区のほうが母子ふたりの生活も楽になるような気がした。彼女の勤める出版社は新橋にあり、節約した通勤時間を育児へと振り向けることができるのが、なによりの魅力だ。

　しかし移ってみると、もともと投資目的で購入した家主が多く、住居以外の目的で使用される率の高かったマンションは、ほとんどの部屋が事務所と化していた。そのせいで、夜になるとマンションの人口は激減する。独り者の住人が五、六人いるだけで、家族で住んでいるフロアは淑美の４０５号室だけだ。管理人から聞いた話によれば、以前二階に郁子と同じ年頃の娘がいる一家が住んでいたが、不幸な出来事のために去年引っ越してしまったとのことだ。以来、三ヶ月前に淑美と郁子が越してくるまで、このマンションに子供の姿はなかった。

　淑美は人気のない七階の廊下を見渡し、屋上に上る階段を探した。エレベーターのすぐ右が階段ホールになっていて、そこから一階上に上れば屋上に出る。コンクリートの急な階段を、淑美は娘の手を引いて上った。エレベーターの機械室のすぐ前に、いかにも重そうな鉄の扉があった。鍵はかかっていないらしく、ノブを回しながら押すと意外にたやすくドアは開いた。

屋上といえるほどの広さはなかった。四隅にコンクリート製の柱が立つ、ほんの十坪ほどの狭い空間で、腰の高さばかりの手摺りに取り囲まれている。端に寄ったときの郁子の動きを、淑美は絶えず気にかけなければならない。下を覗き込めば、頭の重さだけで落下しそうだ。

風のない穏やかな夕暮れの中、空に突き出したその空間で、淑美と郁子は花火に火をつけた。闇が深まるにつれ、花火の赤い炎が際立つ。右下の、黒い運河の表面が街路灯を受けてテラテラと光り、その反対側では、芝浦と台場を結ぶレインボーブリッジがまさに完成間近だった。釣橋の上部が、赤い灯火に縁取られていて、それこそ花火のように輝いている。

淑美は高みからの風景を楽しみ、郁子は手に持った花火を頭の高さにかざして歓声を上げた。そうして、数十本の花火が全部燃えつき、部屋に戻ろうとして、淑美と郁子は同時にそれを発見した。ふたりとも高架水槽の載った塔屋の壁に背を向けていたが、階段ホールも兼ねたその壁の下、小さな排水溝のところに、バッグのようなものが落ちていたのだ。落ちているというより、置いてあるといったほうが的を射ている。第一、こんな屋上にバッグを落とす人間などいるはずもない。

最初、手に取ったのは郁子だった。

「あっ」

と声を上げたかと思うとすぐに走り寄り、バッグを拾い上げ、

「キティちゃんだ」

とつぶやいた。暗くてよく見えなかったが、手に取って下からの街路灯の明かりに照らせば、ビニール製の安っぽいカバンの腹に、キティちゃんのマークが入っているのがわかる。手の中で、赤い色のビニールがふにゃふにゃと形を変えた。

強引に引き寄せ、チャックを開けて中のものを出そうとする郁子を、淑美は、

「かしなさい」

ときつく叱り、バッグを取り上げた。母がまだ生きていた頃、武蔵野の丘陵地帯を郁子と母はよく一緒に散歩し、落ちているものを拾って帰ることが多かった。母の世代から見れば、現代の人間がものを粗末にしすぎると映るのは当然だ。それはそれで構わない。だが、自分の娘がゴミの類を漁る姿にだけはがまんならず、この点に関して母と口論が絶えなかった。落としものを拾ったときの心得は、いつでも娘に言い聞かせてある。

……たとえ、どんなものであっても、ねこばばはだめ。

真顔でそう言う淑美に、母は「融通がきかないねえ」といつも顔をしかめたものだ。

郁子からバッグを取り上げたはいいが、さてこれをどうしようと、淑美は頭を悩ませた。バッグの中からはゴツゴツとした感触が伝わってくる。潔癖な淑美は、中身を確かめようともせず、こんな場合はマンションの管理人に相談するのが一番だろうと、一階の管理人室に足を運ぶことにした。

管理人の神谷(かみや)は早く妻に先立たれ、運輸会社を退職して以来十年間、管理人としてこのマンションに住み込んでいた。給料は安いが部屋の維持費はかからず、独り者の老人にとってはかっこうの働き場だ。

バッグを受け取ると、神谷はためらうことなくチャックを開け、中のものを管理人室のカウンターに並べた。バッグと同じキティちゃんが描かれた真っ赤なコップ、ゼンマイ仕掛けで両手両足が動くプラスチック製のおもちゃのカエル、浮き輪を抱えたクマの人形……、出てきたのは、幼児用お風呂遊びのセットとすぐわかる三点だった。郁子は、喚声をあげ、並んだおもちゃのほうに手を伸ばしかけたが、母ににらまれ、はじかれたように手を引っ込める。

「変ですねえ」

管理人が不思議に感じたのは、屋上にバッグが落ちていたことよりも、明らかに幼児用の持ち物がなぜこのマンションに存在するのかということだった。

「貼り紙でもして、持ち主を捜してみたらいかがでしょう」

淑美は提案した。カウンターにバッグを載せて貼り紙をしておけば、ひょっとして持ち主が現れるかもしれない。

「だって、ここには郁ちゃんしかいないじゃないですか。ね、そうでしょ」

母の傍らで、キティちゃんのバッグとコップをじっと見つめる郁子に、神谷は同意を求めた。今、郁子が何を望んでいるのか、その顔を見ればだれにでもわかる。欲しくてならないのだ、バッグとその中身のおもちゃの両方が。そんな物欲しげな顔に苛立って、淑美は娘の肩に手をかけて、カウンターから強引に一、二歩後退させた。

「以前、二階に住んでいたという家族……」

淑美が言いかけると、神谷は驚いたように顔を上げた。

「ああ、あれね」

「五、六歳の女のお子さんがいらしたって……」

「ええ、おりましたよ、確かに。でも、もう二年も前のことですから」

「二年前？　去年引っ越したって、そうおっしゃいませんでした？」

管理人は、背中を丸めて足首のあたりをぼりぼりとかいた。

「ええ、まあ、引っ越したのは去年の夏でしたけど」

三ケ月ばかり以前、淑美は管理人からこんなふうに聞いたのを覚えている。不幸な出来事があったために、去年、二階に住む一家が引っ越していった……。だから、淑美は推理したのだ。その一家が屋上にバッグを忘れていったんじゃないかと。

ところが、目の前のバッグにしろ、プラスチック製の中身にしろ、一年もの間屋上で野晒しになっていたとはどうも考えにくい。たった今、店で買ってきたばかりのような、ほこりひとつ被らない真新しいキティちゃんが、一年にもわたる放置を否定している。

「わかりました、しばらくカウンターの上に置いて、持ち主を捜してみましょう」

神谷はそう言って会話を切り上げようとした。こんな安物のバッグの持ち主など、彼にはどうでもよかったのだ。

だが、淑美はまだ管理人室のカウンターの前を離れようとはせず、言い出そうかどうしようかと迷いながら、栗色の縮れ毛に手をあてている。

「もし持ち主が見つからなかったら、郁ちゃん、これもらっちゃったら？」

郁子に向かって神谷が笑いかけると、淑美は毅然とした態度で、首を横に振った。

「いえ、いけません。そのときは、捨ててください」

まるで汚物から引き離そうとするかのように淑美は郁子の背中を押し、そそくさと管理人室を後にした。

だが、エレベーターに乗っている間、彼女は気になってならなかった。他人の不幸を話題にして喜ぶ類の人間と思われるのが嫌で、わざと聞かなかったが、どうも胸にひっかかる。一体、二階に住んでいた家族はどんな不幸に見舞われたのだろう。

翌月曜日の朝、淑美は普段よりも長く髪に櫛をあてた。居間からは、幼児向けテレビ番組のテーマソングが流れていた。その曲が時報の代わりだった。今朝は出勤までに、まだずいぶん余裕がある。九時までに娘を保育園に連れていき、園のすぐ前からバスに乗れば、二十分で新橋にある職場に着く。武蔵野に住んでいた頃と比べると、通勤に費やす時間とエネルギーははかりしれないほど軽減された。それだけをとっても、越してきた価値は十分にある。武蔵野に住み続けていたら、娘を保育園にあずけて働くなんてことはできなかっただろう。職場を変える手もあったが、淑美には出版社の校正部以上の職場があるとは思えない。大好きな活字の世界に身を浸し、頻繁に他人と接することもなく、残業もなく、それでいて給料はそこそこに貰えるのだ。

「ねえ、ママ。髪の毛、結んで」

娘の郁子が、ピンクのリボンを持って、母のもとにやってきた。見ると、さっき結んだばかりのリボンがほどけ、髪の裾は両肩の上に広く被いかぶさっている。

淑美は娘の髪に触りながら、自分の遺伝子が正確に娘に伝わったことに今更ながら驚いた。栗色の縮れ毛。白い肌。両目の下のそばかす。そっくりな顔がふたつ、開いた三面鏡に並んで映っている。片方は三十代半ばを迎え、片方はもうすぐ六歳になる。

……ラーメン。

高校時代、男子生徒が自分に向かってそんなふうに言うのを耳にしたことがある。

……あいつ、頭にラーメンをぶちまけたような髪してるよな。

天然のパーマも、顔も、そばかすも、痩(や)せた身体も、自分のすべてが嫌いだった。しかし、高校時代、一体何人の男子生徒から愛を告白されただろう。数えたこともない。淑美には、まるで合点がいかなかった。美的な感覚が、自分と他人とではまったく異なるのではないかと、そう思われてならない。日本人離れした茶色の髪に縁取られた小さな顔を、だれもがみな美しいと言う。そばかすだらけにもかかわらず……。わからない。そうして、振られたと悟ると、男たちは陰で赤い縮れ毛を笑うようになる。もっとじょうずに振る舞っていた女生徒はたくさんいた。男をいいようにあしらっても、決して陰口をたたかれないタイプ……、中学高校と一緒だった裕美(ひろみ)がその典型だった。

髪を結び終えると、母にではなく、鏡の中の自分に向かって、

「ありがと」

と言い、郁子はテレビのある居間へと駆け戻っていった。

別れた夫の面影は、娘の後ろ姿のどこにも見当らない。せめてもの救いだ。男と女の交わりを、楽しいと思ったことなど一度もなかった。苦痛という以外に表現する言葉を知らない。だが、世の中はセックスに関する話題でいつも賑やかだ。やはり理解できない。自分と、他人との間には、越えることのできない高い壁がそびえているらしい。美醜の感覚から快楽に至るまで、全部異なっている。自分の目に映る世界と、他人の目に映る世界には大きなズレがある。

自分の求めに妻が応じないと知ると、夫はよくひとりで処理し、ティッシュペーパーを無造作にソファの下に投げ捨てた。翌朝、なにげなく拾い上げた際、ねばついた体液が指先に触れたことがあった。淑美は夫の無言の抗議を理解するより先に、その呆けた顔を思い浮かべた。そうして、嫌悪感と軽蔑のあまり身体を激しく震わせたのだ。

聞き慣れた女性アナウンサーの声が、テレビから流れ出す。そろそろ保育園に行く時間だった。

ドアを勢いよく開けてエレベーターに走り寄ると、郁子は母よりも早く、下向きのボタンを押した。エレベーターを降り、表玄関から外に出るには、管理人室の前を通らなければならない。そのカウンターの上の赤いバッグに、淑美と郁子は同時に目をとめた。昨夕、屋上で拾ったキティちゃんのバッグは、チャックが閉じられ、貼り紙の上に置かれてあった。貼り紙には、こう書かれている。

お心当りの方、お申し出ください。

管理人　神谷

管理人は、言われた通りに策を講じたのだろうが、淑美にはなぜか持ち主が現れるとは思えなかった。

九月に入って、暑さは引くどころか今夏の最高気温を記録するほどの昂ぶりを見せた。異常ともいえる炎暑の続いた三日間、キティちゃんの真っ赤なバッグは、管理人室の黒いカウンターの上に載っていた。淑美は、朝と夕方、カウンターのバッグに目をとめるたびに、理由のわからない強迫観念にとらわれた。真っ赤なバッグは、炎の象徴のようだ。そして、それを証明するかのように、カウンターからバッグが消えるのと同時に、残暑はすうっと一歩引き下がる気配を見せた。持ち主が見つかったのか、あるいは管理人が勝手に処分してしまったのか、もはやどちらでも構わなかった。一切縁が切れたのだ。代わって今の淑美を悩ますのは、仕事上の憂鬱だった。六年ぶりで、また例のバイオレンス作家の書き下ろし長編小説を校閲することになり、今朝出社すると同時に初校ゲラを主任から手渡されてしまった。

原稿の誤りを見つけて訂正するという校閲の仕事柄、淑美は作品を繰り返し丹念に読まざるを得ない。六年前、何の心構えもなく、彼の作品に目を通したときは、精神が壊れるんじゃないかと思うくらいの打撃を受けた。作品に描かれた残虐なシーンが脳裏にこびりつき、夢の中にまで現れて彼女を悩ませ、誇張でもなんでもなく、その影響を拭い去るべく、精神科クリニックを訪れようとしたほどだ。彼女の胃の中身は数度にわたって氾濫を起こし、食欲は減退し、体重は三キロも減った。淑美は、しばしば妄想と現実との区別がつかなくなってしまうことがあった。

淑美は担当の編集者に文句を言った。なぜ、こんな作家の本を出すのかと。彼……、まだ二十代半ばの初々しさの残る担当編集者は、したり顔でこう答えた。

「だって、しょうがないでしょ。売れるんだから」

ここでもまた、淑美は自分と他人とを隔てる障壁の高さを実感した。お金を払ってまで、こんな気持ち悪い小説を読む人間がいるのが信じられない。自分とはまったく異なった神経回路を持った人間の群れが、障壁の向こうに屯する。しかも、よりによって、翌年他社から文庫で発行された同じ本の一部は思いがけない場所、自宅の夫の本棚に収まっていたのだ。淑美は、夫の本棚にその本があるのを見るとすぐ恐怖に近い感情を抱き、次の瞬間には、本によって喚起される血なまぐさい空想を楽しんでいる夫の姿を目に浮かべていた。そうして、離婚の決意をますます強固にしたのだ。

キティちゃんの赤いバッグを、翌土曜日の朝、今度はある程度予想のできる場所で淑美は見かけた。マンション専用のゴミ集積場。不燃ゴミを出そうとしてポリバケツのふたを開けると、黒いビニール袋の間に、赤いバッグが挟まっていた。しばし手を止めて見入ったが、解釈を与えるのはたやすかった。持ち主が見つかりそうもないから、管理人が捨てたのだ。淑美は、何事もなかったかのように、バッグの上に分別ゴミの詰まった袋を置き、ふたを閉めた。

それで終わりのはずだった。バッグは他の不燃ゴミと一緒に運搬車で埋立地の新しい礎になる運命を甘受する予定だった。

九月に入って最初の日曜日、娘と一緒に近所のコンビニエンスストアに買物にいくと、売れ残った花火が定価よりずいぶん安い値で売られていた。郁子にねだられても、出費がかさむからと拒めないほどの安さだ。棚に残っている花火を売り切ったところで、たぶん夏の残り火は姿を消してゆく。品薄の儚さが漂っていて、夏の好きな淑美でさえ思わず手を伸ばしたくなる。だから、今晩また花火を上げたいと郁子が言い出したのを、淑美はごく自然な成り行きとして受け止めた。

ふたりは一週間前と同じ夕刻、屋上に上った。塔屋のドアノブを摑んだ瞬間、淑美は嫌な予感に襲われ、赤いイメージが脳裏に明滅するのを感じた。ドアを押すと同時に、それとなく淑美は顔を右に向けた。最初からそこにあることを知っていたかのような、一気に狙いを絞る視線。防水加工された濃い灰色の屋上の床に、真っ赤なアクセントが添えられている。一週間前と同程度の薄暗さにもかかわらず、燃えるような赤い色を放ってそれは目に飛び込んできた。

「あ」

と口を開いたまま、淑美は身体を硬直させた。声もなく後退り、手を泳がせて背後にいるはずの娘を捜したが、郁子はさっと母の手をくぐり抜け、一週間前と同じ場所に置かれたキティちゃんのバッグに走り寄った。

「待ちなさい！」

呼び止める淑美の声が震えている。なぜ、恐怖を感じるのか、理由がわからない。郁子がバッグを拾い上げようとする間際、淑美は追いつき、娘の手を払いのけた。バッグの片腹に描かれたキティちゃんが、ふにゃふにゃと形を変えながら、コンクリートに二転三転する。間違いなく、同じ品だった。一週間前に屋上で発見され、三日間管理人室のカウンターに放置されたうえでゴミと一緒にポリバケツに捨てられたキティちゃんのバッグが、またここにある。転がったバッグになおも手を伸ばそうとする郁子を、淑美は強く打った。

「やめなさいって言ってるでしょ!」

鼓動が激しかった。娘には、触れてほしくない。異物に対する本能的な嫌悪感。

郁子はもの欲しそうな視線を赤いバッグに注ぎ、母の顔を見上げ、またバッグに視線を戻し、顔をくしゃくしゃと崩して泣き声を上げていった。

花火は中止だった。淑美は郁子の肩に手を回して、塔屋の内部に戻り、ドアを閉めた。金輪際、あのバッグには触れたくなかった。管理人に手渡すのも御免だったし、二度と屋上には来たくない……、淑美は心底そう思っていた。

だれかに教えてもらいたい。どうして、こういったことが起こるのか。ポリバケツにあったはずのバッグがなぜ屋上に舞い戻っているのか。こめかみのあたりが痛んだ。無意識のうちに〝舞い戻った〟という言葉を使っている。バッグ自体に生命があるような言い方だった。

部屋に入るとすぐチェーンをかけようとしたが、手がいうことをきかない。脱ごうとして足も震え、サンダルが思わぬ方向に飛んで子供用の長靴を倒した。恨めしそうな顔で、サンダルと長靴を整理する郁子の顔には、キティちゃんのバッグに対する未練がはっきりと刻まれている。

娘よりも先に風呂から上がり、淑美はバスタオルで身体を拭いた。バスルームの中からは娘のくぐもった声が聞こえる。湯に浮かべたオモチャを片付けた後でなければ、娘は風呂から上がろうとしなかった。しかも、出る際には必ず栓を抜くように躾られていた。

バスタオルを胸に巻いたまま、淑美はダイニングの冷蔵庫から牛乳のパックを取り出しコップに注いだ。寝る前には必ずコップ一杯の牛乳を飲むよう心がけていた。翌朝のお通じをよくするためだ。飲み終わってもまだ、郁子は風呂から上がろうとしない。ドアのところで身をかがめ、「もう出なさい」と声をかけようとして、淑美は郁子の途切れ途切れの独り言を聞いた。

「……ひとりで遊んでるんだもん。……だって……クマ……、ずるいよ……ミ……ちゃんのじゃ、ない……、でしょ」

淑美は、友達の名前と思われるミ……ちゃんという言葉を耳にとめた。しかし、保育園にも、以前住んでいた武蔵野の近所にも、ミ……ちゃんという友達はいないはず。郁子は一体だれを相手におしゃべりをしているのだろう。同じクラスにミキヒコという男の子ならいるが、彼のことは名字で呼んでいる。

淑美は、バスルームのドアを開けた。バスルームは洋式便器とバスタブが一体になったユニット式だった。クリーム色の浴槽に張られた湯の上には洗面器が浮かび、その中央で、水浸しのタオルが円柱の形に盛り上がっている。小首をかしげた、お地蔵様のような格好だった。郁子は、円柱形に巻かれた濡れタオルを人にみたて、話しかけていたようだ。水道の水が細く湯に注ぎ、蛇口と湯の面は一本の線で繋がれている。浮かんだ洗面器が落下する水に触れると、洗面器は少し傾いて回転した。

「郁ちゃん、なにしてるの、もう出なさい」

ドアに背を向けて湯に浸かっていた郁子は、その姿勢のままで答える。

「だって、この子ったら、お風呂が好きなんだもん。ひとりでいつまでも入ってる」

淑美は再び自問する。

……この子って、だれ？

「いいから、出なさい」

郁子は洗面器を流しに置くと、勢いよく立ち上がった。淑美はその身体にバスタオルをかけて抱き上げた。郁子の身体は、長く湯に浸かっていたにしては肩のあたりが妙に冷たい。

布団に横になって絵本を読んでいるうちに郁子は寝入っていった。淑美は、起きて本でも読もうかと迷ったが、部屋の明かりを消して眠ることに決めた。淑美は、タオルケットを胸に引き上げるとすぐ、淑美も寝息をたて始めた。

二時間ばかりたった頃、ふと伸ばした左手の先が、当然あるはずのぬくもりを察知しなかったせいで、意識は徐々に覚醒へと向かい、淑美は突如はじかれたように身体を揺らした。横に手を這わせるが、何も触れてこない。まどろみが一気に吹き飛んでゆく。上半身を斜めに起こし、郁子の寝ていた布団をまさぐりながら、

「郁ちゃん」

と声を出す。足元に置かれたスタンドの豆電球でも、四畳半の内部を浮かび上がらせるには十分だった。郁子は、部屋の中からいなくなっていた。

「郁子、郁子」

淑美は声を大きくした。過去にこんなことはなかった。夜、布団にもぐれば、一度も目覚めず、朝までぐっすりと眠るのが常だった。トイレに立つこともほとんどなく、郁子の睡眠は深い。

居間とダイニングを見回してから、トイレを覗こうとしたが、バスルームの灯りが消えていることからも、いないのは明らかだ。そのとき、マンションの外廊下に小さな足音が響いた。

玄関に走り、ドアを見るとチェーンがはずれている。思い出せない。屋上から戻って、チェーンをかけたのかどうか。それとも郁子がはずしたのか。

淑美は、ネグリジェなのも構わず廊下に走り出た。エレベーターが動く音がする。

廊下中央のエレベーターホールに立ち、階数を表示する七つの数字に、徐々にランプが点っていくのを見た。5のランプが消え、6が点り、6が消え、7が点ったところで、エレベーターは動かなくなった。だれひとり住んでいない最上階の、七階。たった今だれかが七階で降りたのだ。それが、娘の郁子だと淑美は閃き、閃きは確信に変わってゆく。キティちゃんの赤いバッグを屋上に放置してきたのが、娘には耐えられないのだ。欲しくてならないに違いない、あのバッグが。だからといって、捨てられたものを拾うのを母が許すはずがないと、十分心得ている。だから、夜中、母が眠っているのをいいことに、屋上に取りに行こうとしている。闇を恐がるはずの郁子にそんな勇気があるのかと疑いながらも、淑美はボタンを押して七階からエレベーターを呼び戻した。

七階に停止していたエレベーターは、四階に降りてきて大きく口を開いた。淑美は、ネグリジェの胸のあたりをかき合わせるようにして乗り込むと、七階のボタンを押した。ところが、上昇するとばかり思っていたエレベーターは、ふわっとした落下感覚を残して下降を始めた。淑美は、二歩三歩と後退して、壁に背をくっつけ、折り曲げた両肘でさらに胸を被った。

……やだわ。だれか、乗り込んでくる。

淑美がボタンを押すよりも早く、下の階のだれかによって、エレベーターは呼ばれていたことになる。おそらく一階だろう。五階か六階に住む独り者の男性が、酔っぱらって帰ってきたに違いない。深夜の一時を回る頃だ。からまれるのを恐れるあまり、他に逃げ場のない狭い空間を淑美は憎んだ。たばこで焼け焦がされた七個のボタンの奥で、光が下降してゆく。

突然、エレベーターは停止した。頭上を見上げると、階数表示のランプは2で止まっている。

……どうして二階なの？

淑美は身構えた。何度味わっても、深夜のエレベーターは緊張する。ドアが開くと、しかし、そこにはだれもいない。思わず、息をとめていた。淑美は、そろそろと前に進み、首だけを外に出して、ドアの外を左右二度ずつ見回した。人気のない、暗い廊下が、果てもなく延びているような錯覚。もちろんだれもいない。一体、このエレベーターはだれに呼ばれたのか。自動的にドアが閉まりかけたその瞬間、淑美はさっと身を引いたが、ドアが閉まり切る直前、気配がすうっと忍び入るのを淑美は確かに感じた。気のせいか、一坪もない空間の温度が下がったように思える。自分だけではない。このエレベーターの中には、なにかがいる。寒い冬の日、吐く息が白くなるような呼吸が、下腹部のあたりに吹きかけられている。

エレベーターは上昇して、七階で止まった。

七階と屋上を結ぶ階段の踊り場で、淑美は塔屋全体の灯りを点した。ちかちかとまたたきながら、天井に二本並んだ蛍光灯が点り、その明るさに力を得て、淑美は一気に屋上までの階段を駆け上った。

塔屋内の蛍光灯の光が屋上を照らすよう、ドアを大きく開け放つ。

「郁子！」

目を凝らしても、小さな人影は見当らない。西側の縁から見下ろしたが、道路脇の街路灯に照らされる路面には、それらしき黒い染みもなく、まずはほっと胸を撫でおろす。落下したわけではない。北と東と南は、七階のバルコニーに面しているので、転落したとしても生命に別状はないはずだった。

……どこにいってしまったのだろう。

胃が、喉にまでせりあがってきそうだ。案外娘は部屋にいるのかもしれない、淑美はそう祈りたい気分で、塔屋を振り返った。漏れ出る蛍光灯の白い明かり。その真上の櫓に組まれた鉄柱には、クリーム色の肌をした高架水槽が載っていた。晴れ渡った夜空の真ん中に、棺桶の形をした直方体の物体がせり出し、下からの光を浴びている。中に満たされているのは、水。水道水はここに一旦貯えられた上で、各戸に供給される。

高架水槽を持ち上げる鉄柱の陰に、紐状の物体が二本、揺れているのが見えた。さらに目を凝らすと、高架水槽の下腹に小さな影がゆらめいている。淑美の立つ位置から影だけが見え、その本体が見えないのが不思議だった。高架水槽の真下に、女の子がうずくまっている……、そんなイメージが淑美の脳裏に形づくられる。

「郁子、そこにいるの？」

返事はない。塔屋の上を見渡すには、コンクリートに埋め込まれたアルミ製の梯子(はしご)に両手両足をかけ、壁面を二メートル以上垂直に上らなければならない。壁を這う蜘蛛(くも)に似た動きは、華奢(きゃしゃ)な身体の淑美にはかなり苦しいはずだ。それでも彼女は、上の様子を探りたい一心で、ゆっくりと身体を引き上げていった。ほんの一メートルばかり上ったところで顔を下に向け、上った距離を確かめる。塔屋の壁に沿って走る排水溝の暗がりに、黒っぽい物体が挟まっているのが見えた。キティちゃんのバッグは、夕方、振り払われて転がったと同じ場所に、今もある。頭が混乱しかかった。どこかおかしい。なにか重要なポイントを忘れている。

……郁子のはずがない。

ふと思い当ると同時に、淑美は右足を一段踏みはずしかけた。考えてみれば、エレベーターに乗って七階まで上がったのは、郁子であるはずがないのだ。なぜなら娘は7のボタンを押すことができない。背が届かないからだ。悪寒が背筋に走った。見上げれば、高架水槽の下腹で、影がいよいよ濃く浮かび上がっていく。確かに、なにかがいる。衣擦れの音もするし、無理に関節を曲げたときに鳴る骨の音が、キキキとかすかに聞こえた。

……娘ではないとすれば、だれ？

あともう少し引き上げれば、顔全体が縁の上部に出るところまできて、淑美にはその勇気が湧かなかった。イメージが次々に湧き上がり、身体を硬直させたまま登るのも降りるのもままならない。

そのとき、すぐ下から懐かしい声が響いた。

「ママ」

淑美の身体から一切の力が抜けかけた。脱力感のあまり、両手両足がアルミの梯子を滑りかけたのを、淑美はどうにか堪え、左脇下に顎をくっつける格好でパジャマ姿の郁子を見た。

「もう、ママったらそんなところでなにしてるのよ」

郁子のすすり泣く声には非難の響きが含まれていた。

朝、いつも通りの時間に娘の手を引いてエレベーターに乗ると、ワイヤーのきしみ音が深夜のそれと微妙に変わっているのに気付いた。どこがどう変わっているのかはうまく説明できない。ただ単に、日差しのあるなしによって印象が変わったというだけなのだろうか。淑美は知らず知らず郁子の手を握り直していた。

郁子が嘘をついているか、それとも自分のほうが妄想に駆られて軽はずみな行動に走ってしまっただけなのかと、淑美は眠れぬ布団の中で何度も自問した。

……あたしがトイレに入っている間に、ママったら、外に飛び出しちゃうんだもん。屋上まで階段上るの、けっこうたいへんだったのよ。なにしてたの、あんなところで。

塔屋の壁にへばりつく母を見上げながら、たった今階段を駆け上ってきたのを証明するかのように、郁子の胸は激しく波打っていた。声に怒りが含まれたのは、一人残された恐怖のせいだ。乳児の頃、目覚めたとき隣にだれもいないと、郁子はきまって泣き喚いた。芝居であるはずがない。実際、娘の言う通りなのだろう。明かりもつけずにトイレに入っていたのを、ついうっかり見逃して廊下に飛び出し、エレベーターの階数表示から屋上を連想してしまった。他に解釈のしようがない以上、娘の言葉を認める他ない。なにかに憑かれたような行為を恥じる一方で、釈然としない思いも残る。なぜ、エレベーターは二階に停止しなければならなかったのか。そして、二階にはだれもいなかった。忍び込んだ気配、暑い空気が凍りついた一瞬を、淑美ははっきりと覚えている。

エレベーターのドアが一階で開くとすぐ、淑美はマンションロビーの中程まで差し込んだ朝日に目を向けた。その強い日差しに、昨夜の異様な雰囲気が洗い落とされてゆく。帚を持った管理人が視線の先に立っていた。

口もとを綻ばせながら、

「おはようございます」

と挨拶する管理人を、淑美は伏し目がちの軽い会釈でやりすごそうとしたが、ふと足をとめ、

「すみません」

と声をかけた。

管理人は立ち止まり、

「ああ、そういえばあのバッグ……」

と先回りをする。

「いえ、それはいいんです」

淑美にはまだ、尋ねることにためらいがあった。管理人は、帚を持った手をだらりと下げ、郁子に向かって、

「今から保育園なの」

と愛嬌を振りまく。

「あの、つかぬことを伺いますけど、以前二階に住んでいたという家族、ご不幸な目にあわれたって、一体、どんな……」

淑美は、尻切れトンボに言葉尻を濁した。管理人は、それまで浮かべていた笑みをひっこめ、他人の不幸を語るのに似合った表情を作り上げる。

「いえね、もう二年前のことですが。ちょうど郁ちゃんくらいの女の子が、近所で遊んでいて、いなくなっちゃったんですよ」

淑美は郁子の肩に手をかけ、自分のほうに引き寄せた。

「いなくなった……って、誘拐？」

管理人は首を傾げた。

「身代金目当てじゃないと思いますよ。警察は、公開捜査に切り替えましたからね」

営利誘拐の可能性のあるうちは極秘で捜査を進めるが、その可能性が消えるとすぐ警察は公開捜査に切り替えマスコミに発表する。より早くより多く、情報を得るためだ。

「それで、結局……」

管理人は、首を横に振る。

「結局、見つかりませんでした。ご両親、一年ぐらい諦めがつかなかったようですね。なにしろ、マンションが買収されかかったとき、二階の河合さんが一番抵抗しましたから……、取り壊してしまったら、娘の帰る場所がないってね。でも、まあ、ようやく諦めがついたのか、去年の夏、横浜のほうに引っ越しちゃいましたけど」

「カワイさん、っておっしゃるんですか。その方」

「ええ、いなくなったお嬢ちゃん、みっちゃんっていうんですけど、すごくかわいかったんですよ。悪い奴がいますからね、世の中には」

「みっちゃん？」

「美津子って名でした」

ミ……ちゃん、ミッちゃん、ミツコ、昨夜、お風呂で郁子が語りかけていた相手。それまでぼやっとしていたのが、ミツコという名前の枠に収まり、脳裏に定着してゆく。洗面器の中央にタオルを円筒形に巻いて立て、お地蔵様のようなその像に向かって、娘はミツコちゃんと呼びかけていたのだ。

淑美の顔から血の気が引きかけた。こめかみに手を当てながら、マンションの壁に肩をもたせかけ、ゆっくりと息を吐き出す。

「どうしました？」

管理人の気遣いを避けるようにして、淑美は腕時計に目をやった。説明している暇はない。急がなければ、いつものバスに乗り遅れてしまう。軽く頭を下げ、淑美はその場から離れた。

それ以上の知識を得たければ、仕事の合間に新聞の縮刷版で調べればいい。事件の起こった正確な日時が不明でも、二年前の新聞をしらみつぶしにあたれば、カワイミツコという名の少女が失踪した記事は、すぐに見つかるはずだ。管理人の口振りから察すれば、明らかにミツコちゃんは発見されてはいない。変質者に誘拐されたか、あるいは運河に転落したか……、発見されぬまま、おそらく遺体となって、彼女はどこかに眠っているのだ。

同じ日の夜八時頃、浴槽にお湯を落とそうと蛇口をひねったとたん、電話のベルが鳴った。淑美は、蛇口を開いたまま居間に走り、受話器を持ち上げた。管理人室からだった。

「すみません、左足を捻挫しちゃいましてねえ」

いきなりそう切り出されても、淑美は、

「はあ」

とあやふやに答えるほかなかった。用件が何なのか、見当がつかない。

管理人は、足をくじいたわけを説明してからようやく本題に入っていった。

「荷物が届いてるんですよ、奥さん宛に」

なるほどそういうことかと、ここで初めて淑美は管理人の意図を理解した。宅急便が配達される昼間はほとんど留守のため、管理人が代わりに受け取ってくれることが多い。普段なら四階の淑美の部屋にまで持っていくところだが、足をくじいたせいでそうもいかず、もし急ぎの品だったら取りに来ていただけないかと、管理人はそう言いたいのだ。差出人の見当はついていた。急ぎの品ではなかったが、淑美は、礼を述べた上で、

「今からすぐうかがいます」

とつけ加え、受話器を置いた。

降りていくと、管理人室のカウンターの上に段ボール箱が置かれ、そこに肘をついて管理人が立っている。思った通り友人の裕美からの荷物だった。小学生になる娘を持つ裕美が、娘が着られなくなった洋服や靴などを、郁子のためにわざわざ送ってくれたのだ。

持ってみると、何が入っているのかかなり重い。なるほど、くじいた足で運ぶのはちょっと無理だ。

「だいじょうぶですか、足」

淑美はいかにも心配してるふうに、眉根(まゆね)を寄せた。

「年寄りの冷水ってやつで」

管理人は笑いながらそう言い、捻挫したいきさつを、もっと詳しく聞いてもらいたそうな素振りを見せた。

しかし、淑美の興味は、そんなところにはない。昼間、出版社の調査室で、二年前

の七月から十月までの新聞に目を通したが、ミッコちゃんの事件を扱った記事は発見できなかった。二年前というあいまいな表現が、淑美には気にいらない。正確な年月日が知りたかった。

まさかこの老人が覚えているはずはなかろうと、さして期待もせず問うてみると、

「ちょっとお待ちください」

と、管理人はカウンターの内側に回り込んでぎこちなく身を屈め、擦り切れた分厚いノートをぽんとカウンターの上に載せた。

ノートの表紙には、『管理日誌』と黒のマーカーで書かれている。管理会社への報告のため、日々の出来事を日誌に書き記してあるらしい。管理人は、口の中でなにやらぶつぶつ唱えながら、指の先に唾をつけ、ページをめくり始めた。

「あ、ありましたよ。ほら」

管理人は、ノートを逆にして淑美のほうに差し出した。日付は、二年前の三月十七日になっている。今は、九月。正確に言えば、二年前ではなく、二年半前だ。時間まで記されていた。２０５号室の河合美津子失踪、営利誘拐の線が消え、公開捜査に切り替えられたのは、午後十一時半。淑美はその日時を正確に記憶する。ノートを管理人に返そうとして、ふとクリーム色をした高架水槽が脳裏に思い浮かんだ。なぜ、急にそんなイメージが湧いたのか。言葉からの、連想。連想を与えた言葉が、同じ三月

十七日の項の、上部に書き込まれている。

受水槽、高架水槽の清掃および水質検査実施。

……高架水槽。

満天の星の下、棺桶のように浮かんでいた高架水槽。その清掃が、河合美津子がいなくなったと同じ日に、行われている。管理会社の委託を受け、清掃員がふたり水槽の内部に入っているのだ。

淑美は、声にならない悲鳴を漏らした。

「高架水槽……」

そこまで言って、淑美は一呼吸置いた。

「高架水槽の、フタには、普段、カギが？」

管理人は、なぜ淑美が高架水槽を話題にし始めたのかと首を傾げたが、同日のノートに記載された清掃の記録に目を走らせ、納得顔になった。

「ああ、これね。もちろん、普段は厳重にカギがかけられてますよ」

「開けるのは、清掃のときだけ？」

「ええ、そりゃもちろん」

淑美は、段ボール箱に両手を回した。

「その後、高架水槽の掃除は、されたんですか?」

「このマンション、ごらんの通り、管理組合が機能してないもので」

「されたんですか?」

苛立ちも顕に、淑美は問い直す。

「もうそろそろやらなくっちゃいけないんですがねぇ。なにしろ、二年ですから」

「そう」

淑美は、段ボール箱を抱えようとして後ろによろめき、そのままふらふらと離れた。転ばずに部屋にまで戻れたのは不思議なくらいに、彼女の足取りは覚束無かった。

浴槽に張られた湯に触れぬよう注意して栓を引っ張り上げると、湯の表面が徐々に下がっていく。とても入る気にはならない。郁子は、「どうして今日はお風呂に入ってはいけないの」とさんざん質問を繰り返し、たった今寝ついたばかりだ。見た目には、汚れのないきれいな湯だった。だが、淑美には浮遊する澱が想像できてしまう。

キッチンの戸棚を開け、料理用に置いてある日本酒を取り出し、コップに注いだ。酒はあまり強いほうではなかったが、アルコールの力を借りなければ今夜は眠れそうにない。

意識して、他のことを考えた。校閲を担当している例の作家の小説でもいい。凄まじいシーンを思い浮かべ、連想を断ち切るのだ。だが、できない。湧き上がる妄想は一点に収斂してゆく。屋上に落ちていたキティちゃんの赤いバッグ、行方不明になった美津子という名の女の子、高架水槽の下腹に見え隠れした黒い影、呼ばれもしないのに二階に停止したエレベーター。昨夜、細い水の線で、部屋の浴室と屋上の高架水槽とは結ばれていた。郁子は、湯に浸りながら、まるで目の前にいるかのように、ミツコちゃんに語りかけていたのだ。導く先はひとつしかない。淑美は、強引に思考を切断した。小説のシーン。敵対する暴力団に拉致されたチンピラが受けるリンチの数々、血の臭いに満ちた虚構の世界。そして、偶然……、そう偶然だと思えばいい。美津子ちゃんがいなくなった日、高架水槽の清掃が行われていたなんて、単なる偶然に決まってる。考えてみれば、すべてに合理的な解釈が可能だ。近所に住む子供たちが、屋上にキティちゃんのバッグを置いた、きっとなにかのおまじない、UFOへの合図とか、子供らしい空想の産物。それがたまたまゴミ収集場所にあるのを見て、慌てて元に戻す。二階にエレベーターが止まったのは、単に二階の住人が下に降りようとしてボタンを押しただけ、でも、四階あたりでモタモタしているのにしびれを切らし、階段を使って降りてしまった。だから、ドアが開いてもそこにはだれもいない。

事象と事象を強引に切り離し、淑美はブツ切りの断片に論理的な解釈をあてはめようとした。だが、いくら強引に切り離しても、思考の切断面はいつの間にか元どおりにつながってしまう。癒着するたびに巨大化する蛇のように。彼女はとっくに気付いている。だが認めたくはない。導かれるたったひとつの結論。当然の帰結。

そう、間違いなく、今、ミツコちゃんは、屋上に据えられた高架水槽にいる。

制御する間もなく、淑美の脳裏にその光景が広がった。清掃員が昼食をとっているすきに転落したか、あるいはだれかの手によって故意に投げ込まれたか。腐乱した死体。握りしめたキティちゃんの赤いバッグ。水の一杯詰まった狭い棺桶。この三ヶ月間、その水を飲み続けた……。煮物、コーヒー、沸かしていれた麦茶。腐敗した無数の細胞の浮かぶ浴槽に、何回浸かったことか。手を洗い、顔を洗った。数え上げたらきりがない。

淑美は口元を押さえた。酒の臭いとともに胃液が溢れ出てくる。あわててバスルームに駆け込み、便器の上に屈んで吐いた。目は充血し、鼻の奥のほうに燃えるような刺激があった。レバーを引くと水が流れ出し、すぐ目の前で胃の内容物は渦を巻いて下水に呑み込まれてゆく。後に残ったのは、見た目には透明な水。皮膚から剝がれた細胞を含み、細い産毛の浮かんだ水が、便器をちょろちょろと洗っている。吐き気は収まらなかったが、もう出るものもない。

トイレットペーパーで口を拭きながら、淑美は何度か激しくむせた。身を屈めたままの姿勢で、呼吸が落ち着くのを待つ。すると、聞こえ始める。横にある浴槽の底に、ピチャピチャと水滴の滴る音。蛇口をしっかり締めたはずなのに、水が細く漏れているらしい。淑美は両膝をついて便器を抱き、妄想が実像へと発展する以前にどうにか防ごうと、必死の形相で唾を飲み込む。幻覚。わかりきっている。血管の中を妄想が駆け巡っているのだ。浴槽に溜った汚水に少女の遺体らしきものが浮かんでいるのが見える。顔は紫色に変色して、ぶよぶよと二倍近くに膨らんでいた。やめて、と叫ぼうとして、淑美は濡れた床に尻もちをついた。死体の胸のあたりには赤いコップが浮かび、ゼンマイ仕掛けの緑色のカエルは両手両足を水平に動かして泳ぎ、死体の肩にぶつかり、また戻ってはぶつかり、プラスチック製の指先で皮膚の一部をごく少量ずつ剝がし取ってゆく。骨の見える手にしっかり握られたまま、キティちゃんの真っ赤なバッグは浮き沈みしていた。

短い息が、ハッハッと口から漏れるだけで淑美の呼吸は止まったも同然だった。バスルームに充満した死臭を嗅ぎ、生ゴミの腐ったようなその臭いに思わず顔を背けたとたん、淑美の頭はドアにぶつかり、そのまま倒れ込んで廊下に頰を擦りつけた。冷やりとしたフローリングの床。意識が閉ざされようとしている。遠くから、小鳥のさえずりに似た声が届き、意識の明暗の境目にすうっと入り込んできた。

「ママ、ママ」

だぶだぶのパジャマを着た郁子の姿を網膜がとらえる。

母の項に手をあてがい、震え声を涙声に変えてゆく郁子。小さな手が、淑美の耳のあたりを行き来する。淑美にとって唯一の現実。郁子の手の暖かさ、小ささ。妄想をふりはらうに十分なだけの、生身の小さな身体。

「ママを、起こしてちょうだい」

かすれた囁き声だった。郁子は、母の両脇の下に手を差し入れ、

「よいしょ、よいしょ」

と声に出して引き上げる。上半身が持ち上がると、淑美は片手を浴槽の縁にかけ、自力で立ち上がった。部屋着のジャンパースカートの腰から下が水浸しだった。ちらっと浴槽に目を向けると、今にも流れ落ちそうな水滴をたくさん付着させて、浴槽のクリーム色の曲面が艶やかに光っている。幻覚とわかっていながら、防禦できなかった。郁子は嗚咽を漏らして母を見上げ、ただ「ママ、ママ」とだけ呟いている。強靭な精神力を持たなければ、この子の母はつとまらない。崩れかけた自分が情け無く、淑美は娘の泣き声につられて涙を流した。

運河にかかる橋を渡りながら、淑美はマンションを振り返りたい衝動に耐えた。貴重品と着替えの入ったバッグを何度も持ち替え、そのたびに郁子は左右に回って、あ

いているほうの母の手を強く握る。

ひどく馬鹿らしい行動に思えた。しかし、水の使えない部屋では一日たりとも過ごすことはできない。今晩一晩だけでも、ぐっすりと眠りたかった。確認するのは明日でいい。管理人を説得し、高架水槽の蓋(ふた)を開け、中を確認するのは明るい日差しの中でなければとても不可能だ。

運河にかかった橋を渡り終え、埋立地の島から抜け出しても、あやふやな地盤の上にいるという感覚は消えない。空車のサインをつけたタクシーが来るのを見て、淑美は手を上げた。後部シートの奥に郁子を押し込み、乗ろうと身を屈めるとき、淑美はマンションの屋上にちらっと目をやった。クリーム色の高架水槽が、埋立地の上方十数メートルの空間に、小さく浮かんでいる。そこ、密閉された直方体の浴槽で、美津子ちゃんは今も水遊びに興じているのだろうか。とにかく、今夜だけはぐっすり眠ろう。淑美はシートに身を滑らすと同時に、運転手にホテルの名を告げた。

(角川ホラー文庫『仄暗い水の底から』に収録)

猿祈願

坂東眞砂子

険しい山稜が、澄んだ夏空を鋭利に切り取っていた。周囲を固める屏風のような山を見ていると、緑色の深い穴の底に突き落とされた気分になる。

やはり、いい結果にはならないのではないか。

胸騒ぎが、やがて微かな吐き気に変わっていった。里美は上体を起こして助手席の窓を少し開けた。生温かな風が、エアコンのきいた車内に流れこんでくる。

「気持ち、悪いの？」

運転席の巧がこちらに顔を向けた。里美が冗談で「おたまじゃくし目」と呼んでいる雫形の目が心配そうな色をたたえている。

里美は座席に身を沈めて、何と答えようかとしばし迷ってから口を開いた。

「少し車に酔ったみたい」

「無理ないよな」

巧は高い鼻を心もち上げるようにして、同情をこめて何度も頷いた。

「世田谷を出てから二時間、車に乗りっぱなしだ。疲れただろう」

彼はエアコンを切ると、運転席の窓も全開にした。なだれこんできた夏の空気が車中に渦巻き、巧は嬉しそうにいった。

「木の匂いだ。やっぱり秩父はいいなあ」

気分が悪い原因を車酔いにしてよかった、と里美は思った。穴の底にいるみたいな所だ、などと応じていたら、彼はきっとむっとしただろう。生まれ故郷の悪口をいわれて喜ぶ人間は少ない。

「秩父も駅のあたりはごみごみしているけど、ちょっと離れるとずいぶん自然が残っているのね」

里美も巧に調子を合わせた。

「そうだよ。山奥に入ると、まだ野生の猿や鹿がいたりするんだぜ」

「すごいわね」

「二年前の冬、橋立堂に行った時、猿が木に鈴生りになってたのには驚いたよ。まるで木の実みたいだった」

里美は、大袈裟ね、といって笑った。巧は熱っぽくいい返した。

「ほんとなんだぞ。昔なんか、もっと多かったんだから。このあたりじゃ、産後の肥立ちには猿の頭の黒焼きがいいっていうくらいだ。うちのお袋も、俺を生んだ後で体調が悪くて食べたといってたっけ。里美も子供を生んだら食べてみるかい。躰にいいぜ」

「けっこうです」

里美は顔をしかめた。巧は大柄な図体を揺らせて笑った。いつもはもの静かな巧なのに、秩父盆地に入ってから饒舌になっている。故郷に戻ったことが嬉しいのだろう。

人の気も知らないで。

上機嫌な彼が恨めしかった。私がこんなに緊張していることがわからないのだろうか。

車は山際の道路を走り続ける。山に挟まれたわずかばかりの平地に、櫛目に似た畑の畝や、重そうな灰色の瓦屋根を頂いた民家が点在する。一輪車に麻袋を載せて運ぶ農夫や、小川のほとりで運動靴を洗っている母子。道端の小さな堂の前で両手を合わせている老女。窓の外に繰り広げられる牧歌的な光景も、里美の気持ちを和らげてはくれない。絶え間なく打ち寄せる波のように、微かな吐き気が胃に襲いかかる。

この気分の悪さは、車酔いでも猿の頭の黒焼きの話のせいでも、悪阻のせいでもない。

巧の母親のせいだ。

これからはじめて会うことになっている、七十五歳の老女。彼女は自分を見て、何というだろうか。一人息子の離婚の原因となった女。その離婚のかたもつかないうちに、妊娠してしまった女のことを――。

再び胃痙攣のような不快感を覚えて、里美は膝の上でハンカチを握りしめた。

巧がハンドルを大きく切った。車が脇道に逸れ、里美の躰が傾いた。フロントガラスに映る緑が川の流れのようにぐるりと回転して、車が止まった。

「ここだよ」

巧の声に、里美は窓の外を見た。畑と林の連なっている田園風景の中に、藁葺屋根の門があった。小さな家ほどの大きさの門だ。門の前には灰色の地蔵が六体整列している。

寺のようだった。

「ここが巧さんの実家なの」

里美の問いに、巧は噴きだした。

「まさか。お袋がここで、お接待の奉仕をしているんだよ」

「お接待って何の？」

「秩父の観音霊場巡りに来た巡礼の人たちに、お茶を振る舞うんだ」

巧は車のエンジンを止めて説明した。

「お袋ときたら、親父が死んでから、やけに信心深くなってね。近所の年寄りと交代で、この寺に詰めているんだ。訪ねて行くと電話したら、今日はお接待の日だから、直接、寺に来てくれといわれたんだ」

里美は、今時珍しい、藁葺屋根の山門を見遣った。信心深いというなら、優しい人だろうか。そうであって欲しかった。

「ほら、行こう」

巧が促した。里美は助手席のドアを開けると、雑草の繁る地面に降り立った。巧が車をロックしている間に、バックミラーに映る自分を点検する。白地に水色の小花模様のワンピース。髪も後ろでひとつに束ねて、白いリボンを結んでいる。できるだけ清楚な雰囲気を出すように努力したけれど、そう見えるだろうか。里美は髪のリボンの歪みを直して、小さな鏡に映る自分を睨みつけた。

巧は、母親に電話で今回の来訪を告げる時に、妊娠のことも話したといっていた。しかし、その時の母親の反応については、何もいわなかった。里美もことさら問い質しもしなかった。巧の母親くらいの年配の女性が考えそうなことなら、容易に想像がついた。

ふしだらな女。

十二歳年上の上司を誘惑して、不倫関係に陥らせた女。

また、胃がせり上がってくるような気分を覚えた。

このまま引き返したい。せっかくの日曜日、秩父まで来て、冷たい仕打ちを受けるよりは、家でゆっくりしてるほうがいい。

だが、いつかは通らないといけない道だった。巧と結婚するのなら。

里美は、車の鍵を掌で揺すりながら近づいてくる巧を見た。白のポロシャツに紺のズボン。がっちりした肩と腰。水泳で鍛えた躰は、四十一歳という年齢より若く見える。彼のいる営業二課に異動した時から、憧れの上司だった。里美だけではない。同じ課の若い女性のほとんどが、巧に熱い視線を送っていた。

まさか、その上司が自分のものになるとは想像だにしなかった。

夢が叶うのだ。そのためになら、彼の母親に何と罵られようともいいではないか。

ずっと握りしめていたハンカチをポケットにしまって、里美は巧に微笑みかけた。

「さあ、行こうか」

巧が里美の背中を押すようにしていった。二人は山門のほうに歩きだした。

手を繋ぎたい気がしたが、それが彼の母親に見つかるのも怖くて、里美は巧に寄り添っただけだった。並んで山門をくぐると、櫟の木に囲まれた狭い境内に入った。石灯籠がぽつんぽつんと立っている。正面に小さな観音堂があり、隣に庫裏が建っていた。境内の隅の手水所で、初老の夫婦が手を洗っている。歩いて巡礼をしているらしく、二人とも登山ズボンと登山靴に身を固めていた。

風にそよぐ木の葉の音が静かに境内に満ちている。夏の太陽に照らされて白く乾いた地面に、木や建物の影がやけに黒々と落ちていた。巧は懐かしそうに周囲を眺めた。

「櫟の木もずいぶん大きくなったなぁ。昔は、境内から隣の畑がよく見えたものなのに……」といってから、何か思い出したように、にやりとした。里美が「なに？」と聞くと、巧は苦笑しながら彼女を振り向いた。

「いや、子供の時のことだけどね。寺の隣の畑には、桑の木がたくさん植えられていたんだ。その桑の木が、夏のはじめに紫色の甘い実をつけるんだ。俺は他人(ひと)の目を盗んでは、畑の木によじ登って桑の実を食べていた。ところが、それが寺にお参りに来たお袋に見つかってさ。余所(よそ)の畑で何をしている。他人のものを盗(と)るとは泥棒のすることだ、ってこっぴどく叱(しか)られたもんだ」

――他人の家庭を壊して、何がおもしろいのよ、この泥棒猫っ。

二人の関係が発覚した時、巧の妻からそういわれた。

里美は視線を地面に落とした。丸く縮んだ自分の影が、白のローヒールの靴にへばりついていた。

泥棒猫といわれてもしかたのないことをした。一年半前の忘年会の時。巧の家と、自分のアパートの方向が同じことを知っていて、ことさらに酒を呑(の)んで酔っぱらった。部下として働いた三年間のうちに、彼が自分のことを嫌いではないのは勘づいていた。だから、ひょっとしたらうまくいくのではないかと計算していた。あの時は、ただ彼を自分のものにしたかった。一晩だけでもいいと思った。

すべては里美の思惑通りに進んだ。案の定、泥酔した彼女を巧が送っていくことになった。巧も少し酔っていたのだろう。普段の用心も忘れて、里美の誘いに乗ってきた。

一度、緩んだ箍はもう元には戻らなかった。その夜を境にして、二人の不倫関係ははじまった。そして半年ほどして、彼の妻の知るところとなったのだ。

「あそこがお接待の場所だな」

巧が呟いて、庫裏のほうに歩きだした。庫裏の縁側の硝子戸が開いていて、そこに盆とポットが置かれていた。盆には伏せた茶碗と急須があり、厚紙に黒のマジックで『ご自由にお飲み下さい』と書かれている。

巧は縁側に両手を突いて、「すみません」と声をかけた。しばし返事を待ったが、誰の気配もない。何度か声をかけると、ようやくどこか奥のほうから、人が出てくる物音が聞こえた。

里美は縁側の前に立って、背筋を伸ばした。いよいよ対面するのだ、と思うと、心臓が大きく打ちはじめた。

「何か御用ですかい」

太い声がして、縁側に坊主頭の壮年の男が現れた。紺色の作務衣を着ている。住職のようだった。里美は足から力が抜けていくのを感じた。

巧も拍子抜けした表情で尋ねた。

「すいません、お呼び立てして。ここに、伊東みつが来ていると聞いたもんですから」

「ああ、おみつ婆さんかい」

住職は巧を見て、にこにこした。

「息子さんだんべぇ。目許がそっくりだいね」

巧は照れたように会釈した。

「今日は息子が来るっつんで、婆さん、朝っからそわそわしてたいねぇ。そけえらへんにいねぇかい。さっきまで茶碗洗ってたけんどねぇ……」

狭い境内だから、ひと目で周囲が見渡せる。巧はきょろきょろしたが、観音堂の横にも手水所の後ろにも、それらしい姿はない。住職も首を伸ばして境内に向かって、みつさん、みつさん、と怒鳴った。だが、返事はなかった。

「変だいねぇ。このへんにいるんは、確かなんだけんど。ちっとんべぇ、待ってみてくんないかい」

住職は、巧と里美のほうに申し訳なさそうな顔を向けた。

「そうさせていただきます。どうも、お手間を取らせてすみませんでした」

巧が如才なく謝った。住職はためらいがちに一礼すると、また奥に引っこんだ。

里美は、ほんのわずかの間でも、巧の母親と会う時が遅らせられたのでほっとして、縁側に腰を下ろした。巧も横に座ろうとして、急にまた立ちあがった。

「俺、家のほうを見てくる。ひょっとしたら、お袋、何かの用で家に戻ってるのかもしれないから」

「じゃあ、私も……」

腰を浮かしかけた里美を、巧は手で制した。

「いいよ、いいよ。歩いて二、三分のところなんだ。すぐ戻ってくるから」

「でも……」

もじもじしている里美に、巧は困ったように告げた。

「いいから、休んでいろよ」

「だけど、もし、お母さんが入れ違いに戻ってきたりしたら、私どうしていいか……」

巧は少し首を傾（かし）げて、彼女の顔を覗（のぞ）きこんだ。

「なに、びくついてるんだ」

それは巧の口癖だった。大きな仕事を前にして弱音を吐く部下によくこういって、励ましている。里美も時々、この言葉を投げかけられ、そのたびに力づけられたものだった。少し勇気が湧いてきた里美は、思いきっていった。

「だって、私、まだ結婚もしてないのに妊娠したんだもの。あなたのお母さん、あまりいい印象は持ってないんじゃないの」

「そんなこと、あるもんか」

巧はとっさにいい返したが、里美の探るような視線を受けて、視線を逸らせた。やはり、と彼女は思った。

「私の妊娠を電話で教えた時、あなたのお母さん、何かいったんじゃないの」

巧は黙って首を横に振った。

「何もいわなかった」

「何も？」

巧は頷いた。

彼の母親の無言の返答には、色々な意味が含まれている気がした。無視か、妊娠への怒りか……。

「お袋、きっとびっくりしたんだろうな」

巧は自分にいい聞かせるようにいった。

「でも、自分の孫が生まれるんだ。絶対、喜んでくれてるよ」

「ほんと？」

「本当さ。お袋、子供好きなんだ。なのに自分は何度も流産した末に、やっと俺を一人生んだだけだし、俺のほうも……あいつとの間には、ちっともできなかっただろ」

巧は前妻のことをいいにくそうに早口で語ると、里美の肩を軽く叩いた。

「とにかく、お袋のことは心配するな」

わかった、と、里美は呟いた。巧はもう一度、念を押すように彼女の肩を片手でぎゅっとつかむと、家に向かって歩きだした。藁葺屋根の山門に消えていく彼の後ろ姿を見送りながら、里美は、巧の言葉を信じる気分になっていた。

巧の母親が孫の誕生を喜ばないわけはないだろう。妊娠を知った巧が、真剣に再婚を考えはじめたように。

この子のおかげで、巧の母親の怒りもまた解けるかもしれない。

里美は少し脹らみかけた自分の腹を優しく撫ぜた。

巧が前妻に一方的に離婚を申し渡された後、二人の関係は会社でも噂となり、里美は退社せざるをえなくなった。派遣社員として働くようになってから、巧は里美との関係に及び腰になった。離婚にまで発展した、自分の浮気を後悔しているらしく見えた。

しかし、里美の妊娠によってすべては変わった。もともと子供が欲しかった巧は大喜びした。妊娠を、不倫の免罪符と捉えたかのように、巧は里美が驚くほど積極的に結婚しようといいだした。

もし妊娠しなかったら、巧と自分の関係は、袋小路に入りこんでしまっていただろう。別れることになったかもしれない。巧が前妻の許に戻る可能性すらあった。

この腹の中の子は、運命への切り札だったのだ。里美は最近つくづくそう思う。自分のことを憐(あわ)れんだ神様が、運命をいい方向に変えるために授けてくれたにちがいない。

「いやねぇ、あなたったら」

女の含み笑いが聞こえた。見ると、観音堂から一組の男女が出てくるところだった。先に手水所にいた初老の夫婦だった。参拝を終えたのだろう、楽しげに話しながら、境内を横ぎって山門に向かっている。色違いだが、お揃(そろ)いのリュックが背中で揺れていた。

里美は、夫婦の出てきた観音堂を眺めた。そういえば、お寺に来たのに、まだお参りもしていない。彼女は縁側から立ちあがると、観音堂の前に歩いていった。

堂の前に、長い赤紐(あかひも)が揺れていた。紐の上端の結び目が、緑青(ろくしょう)のふいた鰐口(わにぐち)の前に下がっている。賽銭(さいせん)を探してワンピースのポケットに手をつっこみかけて、財布の入った小物入れを車の中に置いてきたことに気がついた。賽銭はあきらめて、里美は赤い紐を揺らした。紐の結び目が鰐口に当たり、ぽこんぽこんと気の抜けた音があがった。

それでも里美は観音堂の前で合掌した。

巧さんのお母さんが、私を気にいってくれますように。

真先に頭に浮かんだ祈りの言葉はそれだった。

彼女は両手を下ろすと、敷居を跨いで薄暗い観音堂の中に入った。

三坪ほどの外陣には、湿気た匂いが漂っていた。御本尊は千社札のべたべたと貼られた格子戸に隠されている。その周囲には、参詣客が置いていった幟や祈願の旗、絵馬や色紙、無数の鈴を縫いつけた円筒形の布の飾りといった奉納品が所狭しと置かれていた。

その賑々しさに圧倒されながら、一歩、奥に足を進めた時、何か赤いものが顔にぶつかった。

天井から吊るされた、お手玉ほどの大きさの布の人形だった。てるてる坊主のような白いのっぺらぼうの頭に、真っ赤な胴体がついている。躰の真ん中で、四隅の突起を括り合わせているために、手足を抱えて背中を丸めている子供に似ている。

人形を吊るした白い紐には、胴体の色は違うが、やはり同じ形の布人形がびっしりと連なり、天井に固定された大きな笠の形をした台に繋ぎ止められていた。その笠状の台に、同様の人形を連ねた糸が何十本も結びつけられている。まるで、開いた笠の中から、無数の人形が溢れでているように見える。

何だろう。

里美は眉をひそめて、その奇妙な奉納品を見上げた。

「のぼり猿だがね」

背後から、細い声が聞こえた。里美はぎょっとして、振り向いた。それまで死角になっていた観音堂の入口側の隅にちんまりした人の姿があった。薄暗がりに、短い白髪と、白い割烹着がぼうっと浮かんでいる。もんぺの膝を立てて、地面にしゃがみこんだ老女だった。

「括り猿ってもいうらしいけんど、こけえらへんじゃ、のぼり猿っつわいねぇ」

老女の膝の上にも、そののぼり猿という人形の束が置かれていた。ひとつひとつ人形をつまんでは、埃をはたいているのか、白い布の頭を手で撫ぜている。

「その人形にどんな意味があるんですか」

里美が尋ねると、老女は手の動きを止めることなく、どこか甲高い声で答えた。

「安産祈願さぁ。子供や孫が無事に生まれるように、元気に育つようにっつんで、昔っから秩父の女衆は、野良仕事の合間にせっせとこれをこしらえて、観音様に奉納したもんなんだいよ」

安産祈願と聞いて、里美は興味をそそられた。この老女もまた、誰かのために安産祈願に来たのだろうか。のぼり猿を奉納する前に、最後の仕上げをしているようだった。一心に手仕事をしているために、里美の顔を見て話す余裕もないらしい。うつむいたまま、のぼり猿の白い頭をくいっくいっと撫でている。

老女のしゃがんでいる付近は、のぼり猿の奉納品を飾る場所となっていた。先の大きな笠状の台につけたのぼり猿の向こうには、三角形の綿入りの布にやはり、のぼり猿を連ねた糸を縫いつけた奉納品が三つ四つ、天井からぶら下がっている。おかげでその一角は、宙に浮かぶのぼり猿がひしめいている。

老女の説明を聞いた後では、両手足を縮こまらせて背中を丸めた人形は、猿というよりも、子宮の中の胎児そっくりに思えた。頭を上にして繋ぎとめられた胎児たちは、白い糸によって、天井に引きあげられてくる。生も死も定かではないあの世から、この世を目指して連なり昇ってくる無数の胎児たちだ。

里美は目の前の人形に指先で触れてみた。着物の端切れらしい真紅の絹地を丁寧にかがって、胴体部分が作られていた。

「ずいぶん手間暇、かかったんでしょうね」

里美は感心していった。

「手間がかかるんは、そりゃあしょうがねぇやいねぇ」

老女は、膝の上の白い人形の頭を、もぎ取るように指先でつまみながら答えた。

「材料の端っきれ集めるんが容易じゃあなかったみたいだいねぇ。昔は、みんな貧乏だったからねぇ。どれもこれも擦りっ切れたような、けちな布べえさあ。今みてえに、きれいな色ののぼり猿で安産祈願してもらえる子は幸せだいねぇ」

「見すぼらしくてもいいじゃないですか。生まれてくるお子さんを気遣う心がこもっていたなら……」

老女の丸めた背中あたりから、涸れた笑い声が漏れた。

「貧乏な家じゃ、子供を気遣う心なんか、何の役にも立ちゃしなかんべえ」

吐き棄てるようにいって、老女はついと顔を上げた。

そのおたまじゃくしに似た目の形が、巧そっくりだった。

この人が巧の母親ではないだろうか。

熱い血が全身を駆け巡り、心臓の鼓動が速くなった。

いかにもお接待役らしい割烹着姿。七十代半ばに見える年の頃。それに、巧によく似た目許。まちがいない。巧の母親だ。耳が少し遠いのかもしれない。巧や住職の呼び声が聞こえなかったのだ。

動転している里美に、老女は鋭く聞いてきた。

「あんた、間引きっつうんを知ってるかい」

「間引き？」

突然の言葉に面食らった。

「子供の間引きさぁ。草みてえに、いらねえ子を引っこ抜くんだよ」

老女は怒ったような口調で説明した。

「それなら、聞いたことがあります」

里美はたじたじとなっていった。巧の母親が何をいおうとしているのか、見当もつかない。

老女はまっすぐに里美を見上げたまま続けた。

「こけえらへんでも、子供を間引きするしかねえ貧乏な家もあったもんなんだよ。生まれたばかりのまだ血まみれの赤ん坊を、畳や枕で押し潰したっつんだからね。ほんとに酷えことだいねぇ」

巧の母の顔が歪み、柚餅子の表面のように皺が寄った。そういえば巧は、母親は何度も流産したといっていた。赤ん坊の死は他人事ではないのかもしれない。

「辛かったでしょうね……」

間引きせざるをえなかった女たちを指しているのか、子を失った巧の母の心情を想ってのことか、自分でも判然としないまま、里美はいった。老女は自分の膝ののぼり猿に視線を落とした。そして何もいわずに頷いた。

まばらになった白髪の間から、白っぽい頭皮が見えた。とても子供っぽく、痛々しかった。巧の母親を怖がっていたことが、不思議に思えた。この人もまた自分と同じような女なのだ。子供を孕み、それにまつわる苦しみも味わってきた。

この人となら、うまくやっていけるかもしれない。いい嫁姑の関係を築けるかもしれない。里美の心に希望の光が射してきた。

「よっこらせっと」

老女が立ちあがろうとしているのに気がついて、里美は慌てて手を貸した。老女の小さな手がしがみついてきた。ねっとりと汗ばんでいるくせに、不思議と冷たい掌が、里美の手を握りしめた。

「すみませんねぇ」

老女は照れたようにいった。小柄な躰は、立ちあがっても、里美の胸までしかない。

「いえいえ、お安い御用です」

里美は、巧の母親と親しくなれる機会ができたのが嬉しくて、精一杯の微笑みを返した。

「御親切に甘えさせてもらって、もういっこ頼みがあるんだけんども」

「何でもおっしゃってください」

張り切って答えると、老女は手にしたのぼり猿で、天井近くの壁に打ちつけた釘を指さした。

「これあっこに引っかけてえんだよ。やってくれるかい」

千社札が貼られた壁際に、酒樽などの奉納品を置いている台があった。それを足がかりにしたら、なんとか手が届きそうだった。

「いいですよ」

里美は気安く返事して、高さ八十センチほどの台の上によじ登った。

「悪いんねぇ」

老女が、猿人形の束を手渡した。それは他ののぼり猿のように色あざやかな布地で作られてはいなかった。縞木綿や絣の地味な端切ればかりが材料だ。猿を通した糸も茶色に変色している。ずいぶん古いもののようだ。

「母ちゃんがおれが生まれる前にこしらえて、奉納したのぼり猿なんだよ」

里美の視線に気がついたのか、老女は説明した。

「まあ、そうなんですか」

里美は奉納猿を右手に持って、台の上で伸びあがった。ローヒールの爪先で立つと、かろうじて指先が釘に届く。

「でも、どうして、これをまた下ろしたんですか」

「願をかけ直すべえと思ってさ。身内の者がおめでただと聞いたもんだからさあ。新しくこしらえるんもいいけんど、こうして昔のもんで願をかけ直したほうが、ずっと御利益があるっつう話だからさぁ」

老女の返事が聞こえた。

身内の者とは、巧のことだ。里美は嬉しさで、躰が熱くなった。きっと息子の嫁となる女の懐妊を聞いて、安産祈願のかけ直しを思いついたのだ。巧の母は、やはり優しい人だったのだ。

なんとか釘に紐をかけようと、思いきり爪先立ちながら、里美はいった。

「きっと、いい御利益がありますよ」

「ほんとだいねぇ。ちゃんと聞き届けてもらわねえと。大事な……」

釘に紐がかかったと思った時、老女の声が耳に達した。

「流産祈願なんだからさぁ」

「えっ？」

ぎょっとして老女を見下ろした途端、里美の躰が凍りついた。

台の下から、赤子の顔が見上げていた。猿に似た皺だらけの白っぽい顔が、朝顔のように薄暗い地面に咲いている。割烹着は、白い産着と変わっていた。赤子の歯のない口が大きく開いて、きいきいとした甲高い声が聞こえた。

「みつの孫なんぞ堕りちまえ」

赤子の小さな手が、里美の左足にしがみついた。冷たく汗ばんだ手がもぞもぞとふくらはぎの内側を這い、膝のほうに上がってくる。うつむいた里美は口を大きく開けて、掠れ声を漏らした。

そこに赤子の白い顔があった。小さな躰で、必死で彼女の足にしがみついている。歯のない口を歪めて、じりじりと大腿へと登ってくる。あの、のぼり猿のようだった。生の世界を目指して、這いあがっていく胎児たち。

だが、この子の目指しているのは、生の世界ではない。この子はすでにそこから叩き落とされてしまったのだから。

赤子の手が伸びてくる先は、里美の内股。子宮の奥で息づいている大事な生命。

そのことに気がついた途端、里美の躰が動きだした。思いきり左足を振り回し、両手で大腿を叩いた。

ぴしゃん、と大きな音がした時、赤子の泣き声を聞いた気がした。胸の張り裂けそうな哀しみに満ちた声だった。

ぎくりとした瞬間、躰の均衡を失い、台の上から滑り落ちそうになった。里美は思いきって地面に飛び降りた。靴の底から全身に鈍い衝撃が伝わり、地面につんのめって膝をついた。

彼女は震える奥歯を嚙みしめながら、周囲を見回した。観音堂の中はひっそりしていた。あの老女も赤子も消えている。天井の無数ののぼり猿が、青ざめた里美を見下ろしているだけだ。里美はワンピースのスカートをたくしあげて、脚を見た。何もない。なのに、まだあの赤子の手が、ここを這いあがろうとしているような気がした。

「里美ーっ。どこだーっ」

観音堂の外で、巧の声がした。開いた扉の向こうに、巧が見えた。

「ここ、ここよーっ」

里美は泣きそうな気分で返事をした。すぐに巧が観音堂に入ってきた。

「こんなところにいたのか。悲鳴が聞こえた気がしたけど……」

「ああ……巧さん……」

巧のほうに近寄りかけて、その後ろにいる人影に気がついた。

里美の喉(のど)の奥から、ひしゃげたような声が漏れた。

あの老女だった。丸顔に、巧そっくりのおたまじゃくし形の目。白い割烹着姿で、観音堂の敷居のところにちょこんと佇(たたず)んでいる。

「あ……あなた……」

巧は後ろを振り向いて、苦笑した。

「お袋だよ。案の定、家に戻ってのんびり昼飯なんか食ってたんだ」

老女は照れたように里美に頭を下げた。

「悪かったんねぇ。まっさか、こんなに早く来るとは思わなかったもんでさあ」

穏やかな、低い声だった。赤子に変わった先の老女の声とは違っていた。

里美は、まだ震えそうになりながらも、じっと老女を眺めた。先の老女とは、服も髪型も違う。白い割烹着の下は、褐色のワンピースを着ているし、パーマをかけた髪は淡い紫色に染められている。

だけど、顔はそっくりだ。いったい、どういうことなのだ。

呆然としている里美の肩を、巧が困ったように揺すった。

「おい、里美。何かあったのか」

その強引な聞き方に、ようやく里美の舌が動きだした。

「さ……さっき、巧さんのお母さんにそっくりな人がここにいて、突然消えたの」

「あっちとそっくりな人けぇ」

巧の母が訝しげな声をあげて、一歩、観音堂に入ってきた。里美は思わず後ずさりした。別人だと思っても、まだ先の恐怖から立ち直りきれていなかった。

「はい。その人、願のかけ直しに来たといって……流産祈願だと……」

巧の母の顔が険しくなった。

「流産祈願だと、あっちとそっくりな人がいったんかい」

里美は頷いた。

「それで、私に向かっていったんです。みつの孫なんぞ堕りてしまえって」

巧の母が呻いて、力が抜けたように堂の壁にもたれかかった。

「妹だ……」

巧の母は呟いた。里美と巧も怪訝な顔で、彼女を見た。

「あっちの妹だよ。生まれてすぐに間引きされた双子の妹さ……」

「間引き……」

里美の息が止まった。

——ほんとに酷えことだいねぇ……。

あの老女の言葉が蘇った。間引きされたのは、彼女自身だったのだ。再び、大腿の内側にもぞもぞと小さな手が這いあがってくる気分を覚えた。

巧の母は、千社札の貼られた壁にへばりつくようにして、暗い声で続けた。

「あの時分は、双子は縁起が悪いっつうんと、家が貧乏だったもんで、結局、妹は間引きされたんさぁ。観音堂にさぁのぼり猿まで奉納して安産を祈ったんに、こんなことになっちまったっつうんで、うちの母ちゃんは後々まで後悔してたいねぇ。妹もきっと恨んでいたんだいね。同じように生まれたんに、なんで自分だけ殺されなくっちゃいけねえんださあ、つうんで。妹たぁ、あっちが憎いんだよ。あっちがめった流産したんも、そのせいじゃねえかと思わいね。でもさぁ、やっとこさ巧が生まれたから、妹の恨みもようやっと晴れたかと思ってたんだけんどもさぁ……」

恨みは晴れてはいないのだ。巧の母の妹は、身内の者の子が生まれるのが許せないのだ。だから執拗に祈願し続ける。

流産祈願を……。

里美は、観音堂の隅の天井に目を遣った。そこに、あの老女の奉納した古い猿人形が下がっている。

そういえば、あの老女はしきりに人形の頭を撫でていた。何をしていたのだろう。

猿人形に目を凝らした時、里美は喘ぎ声を漏らした。

猿の頭は、どれも躰の下についていた。まるで糸を下って、逆さに降りているように見える。

くだり猿。

堕ちていく胎児だ。

その言葉が頭に浮かんできたと同時に、子宮が何かにぐいっと下に引っ張られたように収縮した。あっ、と思う間もなく、股間からどろりと生温かなものが流れ落ちた。

巧の母が何か叫んで、里美の足許を指さした。巧が駆け寄ってくるのが見える。

うつむくと、白い靴が血に濡れている。それが意味するものを悟ったとたん、里美の喉から嗚咽が溢れだしてきた。

（集英社文庫『屍の聲』に収録）

影牢

宮部みゆき

はい、左様でございます。深川六間堀町の蠟問屋、岡田屋の一番番頭を務めておりました松五郎とは、手前のことでございます。この小糠雨のなか、わざわざお訪ねをいただきまして、有り難うございます。

磯部さまとおっしゃいますか——失礼ではございますが、ずいぶんとお若くお見受けいたします。岡田屋の一件でお訊ねをということでございましたが——はあ、二十一歳——と申しますと、久一郎さまと同じ歳のお生まれということになりますか。干支は辰でございますね。久一郎さまをご存じで？　しかし、商人の倅がこんなご立派なお武家さまと、はてどこでお目にかかる折が——

は？　はあ、お千代さま。お千代さまをご存じだったのでございますか。

磯部さま——磯部いそべ——

あ！　なるほどそれなら手前も得心が参ります。年寄りのことで、手間がかかりまして申し訳ございません。お武家さまは、お千代さまが二年ばかり行儀見習いに参られていた、八丁堀北の組屋敷の、あの磯部さまなのでございますね。それでは手前が存じ上げている与力の磯部さまは、貴男さまのお父上の磯部新右衛門さま、はい、お千代さまがご奉公にあがる際に、手前も一緒にお目通りいたしましてご挨拶を申し上げました。あれはまだ、大旦那さまもお多津さまもお元気なころのこと、そう、もう七年ほど昔のことになりましょうか。思い起こせば懐かしゅうございます。

お父上の磯部さまは、ますますご健勝のことと存じ上げますが……ほう、左様でございますか。それはおめでとうございます。貴男さまのような素晴らしい跡取りがいらっしゃいますならば、お父上の磯部さまも、安心してご隠居になられますですねえ。

手前は岡田屋に奉公をさせていただいて五十年、何の後悔も、残す気持ちのかけらもございませんが、身の置き所を生涯お店の屋根の下ひとつに思い定めて、所帯を持つことは遂にございませんでしたから、当たり前ではございますが、子や孫には恵まれません。この歳になりますと、ふと、それが淋しいような気がする折もございます。

手前もこうして今は、たった一人の身内である、弟の家に厄介になる身の上。弟も、あれの女房も子供たちも、そろって優しくしてはくれますが、やはり他人は他人、あちらも気を遣えばこちらも気を兼ね返すという按配で、肩身の狭いことに間違いはございません。

それでも……手前のようなつまらない者でさえ、岡田屋があのような悲しい事にならなければまだほかに、老いの身の使い道があったろうものの……。

いいえ、今さらこんな泣き言を申し上げても詮無いことでございます。ああ、いいえ、手前ならば大丈夫でございます。年寄りは涙もろくて困るとお笑いくださいまし。ご無礼を仕りました。

それよりも何よりも、磯部さまはほかでもない、その岡田屋の一件でこの年寄りをお見舞いくだすったのでございましたね。かれこれ三月は先の出来事でございますし、なにしろあのように忌まわしい事件でございましたから、磯部さまが手前に、いったい何をお訊ねになりたいのか、少々恐ろしい心持ちもいたしますが……。

はい、まったくおっしゃるとおり、事の次第は、磯部さまご存じのとおりでございます。主人の市兵衛さま、おかみのお夏さま、長男で跡取りの久一郎さま、次男の清治郎さま、たった一人の娘のお千代さま、そして末の春治郎さま――皆、逝ってしまいました。恐れをなした奉公人たちも四散しまして、手前だけ……この老いぼれだけが残る仕儀と相成りました。

岡田屋は、もうこの世のものではございません。

＊

ほう……あの家においでになった。それはいつのことでございますか。昨日？　では、昨夜はさぞかし悪い夢を御覧になったのではありませんか。

はは、それはそれはお見事なことで。なにしろ、都合七人もの死人を出した家でございます。畳も家具もそのままに、手前たち奉公人はあの家から命からがら逃げ出した身でございますから、二度と近づこうとは思いません。磯部さまは、お父上さま譲りの剛胆なお人柄なのでございますねえ。

はい……こんな言葉を口にすれば、情もなければ恩知らず、罰当たりの申し状のように聞こえることは、手前とて重々承知の上でございます。それでも手前は、今ではあの家が――かつての岡田屋であったあの家が恐ろしくてたまりません。

手前は岡田屋に、ちょうど十の歳から奉公にあがりました。ふた親はそろって上州の生まれ、食うに困って逃げ出した駆け落ち者でございます。江戸に出て参りましてからは、二人して半端仕事で食いつなぎ、そのくせ絵に描いたような貧乏人の子沢山、手前を頭に男四人、女一人、あわせて五人の子供をこしらえました。末の弟など、手前が奉公に出たときにはまだ赤ん坊、五年経って初めての藪入り（やぶいり）で家に帰ってみると、もう腕白盛りに育ち上がっておりましたが、とんと自分の弟という実感がわきませんで、少しばかり困ったものでございます。しかし皮肉なものでございますよ。今はその末の弟が、こうして手前の面倒をみてくれているのでございますから。

あと二人の弟たちのうち、一人は十五歳を前に疱瘡（ほうそう）で死に、一人は年端もいかぬうちに家を飛び出し、以来行方知れずになったままでございます。妹は岡場所で死にました。望んで身を売ったのか、甲斐性（かいしょう）なしの親に売り飛ばされたのか、そのころには手前はもう岡田屋におりましたので、子細は存じません。そういえば影の薄い娘でございました。

手前は岡田屋に奉公にあがったおかげさまで、まっとうな人生をおくることができました。それについてはどれほど感謝をしてもし足りません。末の弟も、こうして立派に大工の棟梁として世渡りをしていられるのは、子供のころから厳しく鍛えて面倒を見てくれた先代の棟梁のおかげだと申しておりますが、まことにそのとおり、手前どものような瑣末な者の身の上は、お仕えした家や人の在りようで、幸にもなれば貧にも落ちるものです。手前も末の弟も、その意味ではたいへんに恵まれておりました。

ですから磯部さま、手前の岡田屋というお店に対する感謝の念には、いささかの変わりもないのでございます。それでも、今のあの家が恐ろしいこともまた確かで……。

は？　手前が？　はあ、左様でございますか？　そのような言い方をいたしましたか。

なるほどおっしゃるとおりでございますね。手前は先ほど、「岡田屋はもうこの世のものではない」と申しました。普通ならば、「岡田屋の皆様はもうこの世にいない」という言い方をするべきところでございますのに。はい、はい、それは磯部さまがおっしゃるような思いが、手前のなかにございますからでしょう。

岡田屋は、今度のことで命を落としました主人市兵衛の先代、治郎兵衛が、ほとんど一代で興したお店でございます。手前が十の歳からお仕えしたのもこの治郎兵衛さまでございます。ですから、そのおかみのお多津さまは、手前にとっては母代わり。お二方から受けたご恩は、片時も忘れたことがございません。治郎兵衛さまは、ほんの五年前に流行風邪をこじらせてふいと空しくなられるまでは、主人の座こそ市兵衛さまに譲られていたものの、大旦那さまとしてしっかりと岡田屋の舵を握っておられました。お多津さまも、苦労知らずのお嬢様育ちのお夏さまには任せておかれないことが多いと、大おかみとして内と外を繋ぎ、きりきりと働いておられました。その様子は、手前のような生え抜きの、言ってみれば岡田屋に育てられたような者にとりましては、それはもう頼もしくも有り難い眺めでございました。ただ――そうやって、お店の者たちが皆、大旦那さまと大おかみを慕い仰ぐことが、市兵衛さまとお夏さまにとっては癪のたねとなってしまったのでございましょう。大旦那さまご夫婦と旦那さまご夫婦は、日を重ね年を追うごとに、折り合いが悪くなってゆくようでございました。確かに、代替わりはしているのでございますから、主人は市兵衛さまおかみはお夏さま。手前どももそのつもりで立ち働いておりました。しかし、いざという時の岡田屋の舵取り役、扇の要は、やはり大旦那さまとお多津さま。長年取引のあるお得意先とのやりとりや、懇意のお旗本への内緒のお金の貸し付けや、寄り合いでの付き合い、お上への相応の付け届け――それらすべてのことは、治郎兵衛さまお多津さまがお二人で仕切られていたということも、一方ではあったのでございます。

市兵衛さまは、治郎兵衛さまお多津さまにとっては大切な一人息子でございました。ご夫婦仲は人もうらやむほどに密でございましたのに、お子はただ一人、市兵衛さましか恵まれなかったのでございます。幼いころにはそれこそ風にも当てないようにして育てられ、手前など、奉公にあがったばかりのころなどは、同じ子供ながら、これほど大事に育てられる子がいるものなのかと、少しばかりぼうっとするほど驚いたものでございました。はい、ちょうど手前が奉公にあがった年に、市兵衛さまがお生まれになったものですから、それはよく存じ上げております。

ただしかし……ずいぶん後になりますが、手前が番頭を務め、当時はまだ存命でした大番頭から親しく教えを受けるようになったころ、治郎兵衛さまは市兵衛さまの育て方を間違ったと悔やんでおられると、その大番頭の口から聞かされたことがございます。大事な一人息子とはいえ、もう少し厳しく、人の上に立つ者としての覚悟や心の持ちようを躾けておくべきだった、代替わりを急げば岡田屋は危なくなると、そこまでお心を悩ませているというお話でございました。

いったいに人というものは、甘やかされて育てられれば道を誤りがちなものでございます。治郎兵衛さまという大人の血を引く市兵衛さまとて、それは同じこと。確かに、手前の目から見ましても、市兵衛さまのお若いころの放蕩三昧の暮らしぶりや、身近にお仕えする奉公人に対する酷い仕打ち、気まぐれでわがままなものの言いよう――どれをとりましても、さてこの方がお店のいちばん高いところに座ったあかつきには、どういう椿事が出来するだろうかと、先が思いやられるようなところがございました。

ですから岡田屋は、他所さまのお店に比べれば、ずいぶんと代替わりが遅かったのでございます。治郎兵衛さまは手前などにも、俺も早く大旦那になって、悠々と隠居暮らしを楽しみたいと、それはもう口癖のように笑っておっしゃっていましたけれども、実際には七十近くになってから、ようよう大旦那の位置まで退いたわけでございまして、それだって、何年も何年も、市兵衛さまから矢の催促を受け、また市兵衛さまが四十路にかかり、いつまでもそのままでは世間様にも外聞が悪いようになって、渋々のことでございました。

そのことを、市兵衛さまの方は、ずいぶんと恨みに思っておられたようでございました。

磯部さま、なにしろ手前は、とうとう妻にも子にも縁を持たずにここまで生きてしまった徳のない者でございます。生みの親の元も、早くに離れてしまいました。親と子の繋がりなど、然とはわからないことの方が多々ございます。ですから教えていただきたいのでございますが、実の子が、実の親を、それほどまでに執念深く恨んだり憎んだり、おのれ今に見ておれと怨念を燃やすというような事どもが、本当にあるものなのでございましょうか。

ある――と思し召しでございますか。

左様で……。しかし手前には、いまだに信じられないのでございますよ。

＊

あの家をお訪ねになりましたならば、磯部さまはもうご存じでございますね？　はい、北側の奥の、地面の下へ穴をうがってこしらえてある座敷――頑丈な造りでございましたでしょう？　あの座敷牢は、大旦那の治郎兵衛さまが亡くなられた三年ほど後のこと、お多津さまを押し込めるために、お夏さまが造らせたものでございます。

お夏さまは、市兵衛さまが岡田屋の主人となられる時に、大急ぎでお迎えしたおかみでございます。お歳は市兵衛さまより暦のひと回り分もお若く、ご実家は内証の豊かな呉服問屋の五十鈴屋でございましたから、贅沢な暮らしをしつけていた方でございました。

市兵衛さまとお夏さまのご縁談がまとまった当時、世間様は不思議がり、いろいろと噂をしたものでございました。岡田屋がとうとう、あのろくでなしの放蕩息子に主人の座を譲ろうとしている、それはそれでまあ仕方ないにしても、どうしてまたその市兵衛の妻に、お夏のような女を添えるのだろうかと。もっと賢く慎み深い、気だての優しい女を都合できなかったものなのだろうかと。

あのころ、岡田屋の内々をよく知っておりました手前どもは、世間様が首をひねっているのを知りながら、日々身の縮むような思いでございました。

当時の岡田屋は、内証がかなり苦しゅうございました。それもこれも、市兵衛さまの放蕩のツケが回ってきたということだったのでございますが、あちこちに借金もございました。表向きには、治郎兵衛さまもお多津さまも毅然とした顔をしておられましたから、詳しく知るのは手前どもお店の者ばかり。辛ろうございましたよ。

お夏さまには、まだまだ小娘の時分から、悪い噂がたくさんございました。五十鈴屋の三人娘の末娘で、器量もいちばんだが悪評もいちばん。肩あげも降りないころからの男好きで、役者狂いをして家を飛び出してみたり、奉公人を誘惑してみたり……。生臭いお話なので詳しくは申せませんが、父親の知れない子供を身ごもり、密かにおろしたことも一度や二度ではないという噂まであったほどでございました。

あのころ、五十鈴屋さんが跳ねっ返りのお夏さまを持て余していることは、傍目から見ても明らかでございました。上の娘さんお二人はきちんとした人柄で、跡取りにも立派な婿を迎えておりましたから、次から次に何をしでかすか知れたものではないお夏さまを、早くご実家から出してしまいたかったのでしょう。それでなくても、悪い遊びが過ぎて噂になり、嫁のもらい手がつかぬまま、お夏さまは二十五歳を越えておりました。いくら器量よしとて、このまま大年増になってしまっては、年々縁遠くなるばかりです。そこで、岡田屋の借財を五十鈴屋が肩代わりしてきれいにする代わりに、お夏をもらってくれ——というような取引がまとまったという次第でございました。

治郎兵衛さまとお多津さまには、ずいぶんと無念の縁組みだったとお察しします。しかし、背に腹はかえられません。

それでもお多津さまは、嫁としてお夏さまをお迎えになると、力を尽くしてお夏さまを鍛えようとなさいました。ただ厳しくするだけでは駄目だからと、実家からも見放されたお夏さまに、姑というよりはむしろ母親のような優しさで接することもなさいました。手前はその一部始終を見て存じておりますが、磯部さま、人間の真心も、相手によっては通じないことがあるという理を学ばせていただいたと思っておりますよ。

はい、お夏さまはお多津さまがお嫌いでした。まずは、ご自分にとっては姑であるというだけで。しかもその姑が、歳はとってもあでやかな女であるというだけで。ご自分よりもお多津さまの方がはるかに奉公人たちに慕われているというだけで。嫌うという言葉よりも、いっそ〝憎んでいた〟と言った方がふさわしゅうございます。あるいは、〝妬んでいた〟と申しましょうか。

それですから、治郎兵衛さまが亡くなって以来は、お多津さまが大おかみとして立派に采配をふるわれつつも、水面下にはいつでも悶着のたねがひそんでおりました。ただ、お多津さまはめったなことで隙を見せるような愚かな方ではございませんでしたので、それはそれなりに危うい釣り合いを保って、岡田屋という船は進んでいたのでございます。

それが——あんな事が起こりまして——

あれは今日と同じような空模様、春先だというのに、寒が戻ったような冷たい雨が降る日のことでございました。ほかでもない、治郎兵衛さまの祥月命日でございましたよ。お多津さまが、店の奥に積み上げてありました荷の下敷きになり、足の骨を折ってしまわれたのでございます。

ご存じかもしれませんけれども、蠟というものは、手前どものような卸の問屋が品物として扱う段階では、塊の形をしております。一貫分ずつ計って型に流し込み、四角く固めてあるのでございます。ですから、それを荷にして積んであるものは、けっこうな重さがあるのでございますよ。小さな子供でしたらば、下敷きになったりしたら、潰されて息が止まってしまうことでしょう。

それにしても不思議な事件でした。蠟という品物は、なにしろ格好がそれですから、一旦荷にして積んでしまえば、めったに荷崩れするようなものではございませんのですよ。それが、たまたまお多津さまがお近くにいるときに、ちょうど頭の高さほどに積んだものがガタガタと崩れてくるなどとは。

はあ……。はい、お察しの通りでございます。手前もお店のほかの者どもも、誰かがわざとお多津さまを狙って荷を崩したのだと考えておりました。でも、考えるだけならば子供でもできます。確かな裏付けは、どこにもございません。声高に言うことは憚られます。

ともあれ、その怪我以来、お多津さまはすっかり身体が弱られ、半ばは寝たきりのようになってしまわれました。形勢は、すっかり逆転したのでございます。そしてお夏さまは、嬉々としてあの座敷牢をこしらえたのでございました。

なぜ座敷牢なのかとお訊ねですか？ さて、それは今もって手前にもわかりかねます。ただ、あのころお夏さまがおっしゃるには、お義母さまはお怪我以来少しくおつむりが弱くなられて、昼間もありもしないものを見るし、夜も寝ぼけてふらふらとお出歩きになる、危なくて仕方がないので、お義母さまの身の安心のために、鍵のかかる座敷牢にお入れするのだという言い分でございました。

手前が？ はい、もちろん反対をいたしましたよ。大反対をいたしましたよ。お多津さまは、確かにお身体は弱っておられましたけれども、おつむりの方は、お夏さまよりもよっぽど確かでございましたからね。お店のほかの奉公人たちとて同じでございます。

でも磯部さま、使われる者の立場は弱いものでございます。それにまた、皆がそれぞれに、己の仕事とわずかな給金にしがみつくのも当たり前のことでございます。働かずば食えず、食えずば生きていかれません。お夏さまや市兵衛さまに、確かに大おかみが夜中にふらふらと廊下を歩いているのを見たと言え、さもなくばただではおかないと脅かされましたならば、年若い女中など、いっぺんで震えあがってしまいます。一人、二人と口をつぐみ首を縮め、目に涙を浮かべて、市兵衛さまとお夏さまの言い分に従うしかございませんでした。どうしても我慢ができずに、お店を出奔した者も二人おりました。手前も、それだけの覇気がございましたならば、そうしていたかもしれません。

いや、そうしておいた方がよかったのかもしれません。今さら……本当に今さら、何を言っても仕方がないとは思いますけれども。

それに、手前を含め、最後まで反対をした者どもを説き伏せたのは、お多津さまご自身でした。おまえたちが苦しんでいるのを見ていられない、自分が座敷牢に入っておとなしくしていれば済むことならば、それぐらい何の苦労でもないとお笑いになって……。ただ松五郎、大番頭として、お店のことはしっかりと頼みますよと、手前に頭をお下げになりました。

今……思い出しましても、もったいなくて涙が出ます。

手前が最後に大おかみのお多津さまの笑顔を拝見しましたのは、そのときが――お多津さまのお布団とお手まわりの品を座敷牢に移した、その日が最後でございました。以来、二年間というもの、手前はお多津さまのお顔も見なければ、お声を聞くこともありませんでした。お夏さまが、お夏さまだけしかお多津さまの座敷牢に入ることができないように取りはからってしまったからでございます。磯部さまも御覧になったならおわかりでございましょう？　あの座敷牢は、それ自体も堅牢な造りでございますが、そこへ行くまでの廊下にも、二ヵ所も錠のかかるところがございます。あれは、お夏さまが後から大工を呼んで造らせた仕掛けでございます。たったひとつしかない鍵には紐をつけてあり、お夏さまがいつも、首からかけて、肌身離さず持っておいでででございました。その大工は、お夏さまがわざわざ川崎の方から呼んだ者で、どこのなんという棟梁なのか、誰も存じませんでした。

もちろん手前どもも奉公人とて、お多津さまの身の上が案じられます。お加減はいかがかと、お目にかかることはできないかと、お夏さまに何度も何度もお願いいたしました。でも、ことごとくはねつけられ、大おかみは誰にも会いたくないと言っている、静かに臥せっていたいと言っている、余計なことはするなと叱られるばかりでございました。手前どもとしましては、お夏さまのお言葉を信じ、お多津さまはお元気でおられると、思うほかに術がなかったのでございます。

これらのことを、もちろん、市兵衛さまはすべて黙認しておいででございました。文句のひとつも、諫める言葉のひとつも、お夏さまに投げかけたことはございませんでした。むしろ——言うのもおぞましいことでございますが、そのようにしてお夏さまが、お多津さまの生殺与奪を握っていることを、面白がっているふうにも見受けられました。

三月前、あのような惨事が出来し、後始末の際に、ようやく座敷牢に入った町役人が、すぐに真っ青な顔をして出てきて、一言も口をきかず、高い熱を出して三日も寝込んでしまったという話を、磯部さまはご存じでございますか？

お多津さまは、寝床の上に座ったままの格好で、骨になっておられたそうでございます。検視のお役人のお話では、亡くなってからゆうに一年は経っているということでございました。おそらくは飢えと渇きで息絶えたのだろうというお話で——お多津さまの両手には手鎖がかけられており、座敷牢のなかは、まるでけだものの巣のような荒れ具合汚れ具合で、あまりの臭いのひどさに息もできないほどだったそうでございますよ。あれほど几帳面できれい好きだったお多津さまが、どんなにか無念であったろうと察しますと、手前は今でも目の前が暗くなります。

磯部さま……もう一度おうかがいいたします。いくらわがままいっぱいに育てられたとは言え、若い妻の言いなりに、自分の生みの母親を、そんなふうに酷く扱ってはばからない人間が、いったいこの世にいるものでございましょうか。

磯部さまは、お千代さまが行儀見習いに参られることになったいきさつについては、ご存じでいらっしゃいますか。お千代さまは何かおっしゃって――左様でございますか。はい、お千代さまは本当にお気持ちのお優しいお嬢さまでございましたね。

市兵衛さまとお夏さまの夫婦仲は、それなりに睦まじい――まあ、睦まじく見えないことはないというくらいのものでございました。とはいっても、それはお二人に何か通じ合うものがあるというわけではなく、大旦那さまとお多津さまに刃向かうには、二人がかりの方が何かと便利だったからではないかと、手前などは考えております。

市兵衛さまの女出入りの激しいこと、漁色のすさまじいことは、問屋仲間のあいだでもよく知られたことでございました。とりわけ大旦那さまが亡くなってからは、心ある口入屋なら六間堀の岡田屋に若い女中を世話してはいけないと言われるほどに、それはそれは浅ましい有様でございました。

その一方で、お夏さまの男遊びも、娘時代から途切れることなく、それどころかよりいっそうお金をかけて、派手に続けられておりました。結局のところ、岡田屋の身代は、市兵衛さまとお夏さまに、内側から食い破られたようなものでございます。

今度のことで世間様にも知られてしまいましたが、ご長男の久一郎さまは、お夏さまの腹の生まれではございません。ご次男の清治郎さまは、市兵衛さまの胤ではございません。末の春治郎さまはご夫婦のお子さまでございますが、生まれついての病弱で、亡くなったときは哀れまだ十五でございましたが、あんな事が起こらなくても、さてあと一年生きられたかどうか……。この二、三年は、ほとんど家から外に出ず、座敷にこもって日中鼻歌をうたっておられたり、半紙にわけのわからない絵を描いたりしておられました。

磯部さまがご存じのお千代さまは、実は捨て子でございました。今から十九年前のこと、六間堀の橋のたもとに赤子が捨てられているのを通りかかった人が見つけ、そのままでしたら差配人預かりになって育てられるところを、憐れんだお多津さまが治郎兵衛さまにお願いして、養女にもらいうけた娘でございます。それですから――いささかあけすけな言い方をしますれば、市兵衛さまとお夏さまの毒気にあてられていないというか、真っ直ぐなご気性のお嬢様でございました。

今だからこそ申し上げられることでございますが、七年前と言えばお千代さまはまだ十二歳。そんな頑是無い子供を、〝行儀見習い〟という名目で磯部さまのお宅にお預け申し上げることになったのには、暗い事情がございました。それと申しますのは――こんなことを言えば手前の口も汚れるような気がいたしますが――市兵衛さまが、漁色の挙げ句に、お千代さまに目をつけられて……はい。恐ろしいことでございますが、本当のことでございます。

　これは捨ててはおかれません。そこで手前と、古参の女中と――これがお千代さまの身の回りのお世話をしておりまして、危険を察知したわけでございますが――二人で計って、当時はまだお元気だった大旦那さまとお多津さまにご相談したのでございます。

　本来ならば、奉公人の身の上で主人に対する讒言など、許されることではございません。しかも、事が事でございます。手前もこの首のなくなることぐらいは覚悟しておりましたが、しかし大旦那さまもお多津さまも、心の内はいかばかり憤懣やるかたなく、情けなく、お辛いことでありましたでしょうに、すぐに手前と古参の女中の言い分をお聞き入れくださり、手を打ってくださいました。それで磯部さま、大旦那さまが、かねてからお付き合いのございました貴男様のお父上とご相談の上で、八丁堀北の磯部家にてお千代さまを一時預かっていただくというお話をまとめてくだすったのでございます。

手前としましては、ああこれでお千代さまを逃がすことができたという心持ちでございました。願わくば、あのままお千代さまを磯部のお家に置いていただいて、そこからどこぞにお嫁に出していただくなり、あるいは——こんなことは今さら申し上げられませんが——は？　左様でございますか、そうですか、磯部さまのお家でも、お千代さまを貴男さまと娶せようというお話があったのでございますか。ああ……もしもそのとおりになっていたならば、どんなにか良かったろうに。

でも、手前などの浅はかな満足は、長くは続きませんでした。ご存じのとおり、大旦那さまが亡くなるとすぐに、お千代さまは岡田屋に呼び戻されてしまいました。それでもお多津さまが目を光らせているうちは何とか無事に過ぎていたのでございますが、やがてお多津さまは座敷牢に押し込められ、一方でお千代さまはますます娘らしく可憐に育ってゆく——

結局のところ、三月前のあの夜の惨劇は、お千代さまが岡田屋に呼び戻されたときから、すでに始まっていたのかもしれません。

＊

今年の——正月があけたばかりの雪の日のことでした。お千代さまが、猫いらずを飲んで死のうとなすったんでございます。薬を飲んで、お千代さまが苦しんでいるところを、たまたま春治郎さまが見つけまして、危ないところで命を取り留めました。手前どもは、とうとうお千代さまが自殺などしようとした、理由は聞くまでもございませんでした。それはしばらく前からのことのようで、とうとうお千代さまを守りきることができなかったわけでございます。それにしてもおぞましいことに、今度は、市兵衛さまお一人が相手ではないようでございました。

……嫌な話でございます。磯部さま、もうお聞きになりたくはないでしょう。続けてもよろしいのでございますか？

左様でございますか。それならば、手前も心を石にして語りましょう。

お千代さまはあのように美しい娘さんでございましたし、久一郎、清治郎の二人は、二人ながらに歪んだ親に似た気性の持ち主で、それがひとつ屋根の下に留め置かれていたわけでございますから、お千代さまにとってこれ以上の災難はございませんでした。

どうやら、それらの事どもが起こっていることを、お夏さまもご存じのようでございました。放っておけば野垂れ死にしていたところを、親切に拾ってやったのだから、あんな娘、いかようにも息子たちの好きなようにすればいいと、笑いながらおっしゃるのを聞いた者がおります。

危ないところで息を吹き返したお千代さまは、泣きながら手前にすべてをうち明けられました。手前は何もできませなんだ。ただ一緒に泣くばかりでございました。

そのとき――

ふと、手前はお多津さまのお声を聞きました。松五郎、案じるな。お千代の仇はわたくしが討ちましょう。同じおなごの身、お千代の苦しみをこれ以上放ってはおかれません、わたくしにお任せなさい、と。

先ほども申し上げましたとおり、お多津さまはずっと座敷牢に押し込められているはずでした。そのころはまだ、手前はお多津さまがとうに亡くなっていることなど、生きながらに骨と化していたことなど、まったく存じませんでした。ですからそのときは、お多津さまがすっかりお元気になり、密かに座敷牢を抜け出されたのかと思いました。お多津さまはいつの間にか誰かに救われていたのだ。お多津さまの手で、岡田屋はようやく元のようなまともなお店に戻るのだ――そう思いました。それはもう嬉しくて、飛び上がりたくなるような心持ちでございましたよ。ですから、声を大にして家中に触れ回りました。手前はお多津さまのお声を聞いた、もうすぐお多津さまがお元気になって戻ってこられて、すべては良い方に動き出す、と。市兵衛さまもお夏さまも、奉公人たちでさえ、そんな手前を気が触れた者を見るような目で見ていましたけれども、手前はくじけませんでした。お多津さまの言葉を信じていたからでございます。

そして、手前のそんな思いを裏付けるように、その日以来、岡田屋のなかに、昼となく夜となく、頻々とお多津さまが姿を現すようになったのでございました。

手前ですか——いえ、手前は徳が足りないのでございましょう、お店のなかで騒ぎが広がってゆくあいだにも、お多津さまのお姿を直に目にしたことはございません。今お話ししたように、たった一度、お千代さまのうち明け話を聞いたときに、お多津さまのお声を聞いただけでございます。

市兵衛さまとお夏さまは、最初のときから、ずいぶんと脅かされたようでございました。お二人の見るお多津さまは、たいそう怖いお顔をなすっていたようでございます。まあ、当然でございましょう。久一郎さまと清治郎さまは、お多津さまが夢枕に立ち、彼らの首をぐいぐいと絞めると訴えては、夜は眠らずに火を灯し、昼も光のなかでびくびくと暮らすようになりました。

不思議だったのは、春治郎さまが、しきりとお多津さまのお顔の絵を描くようになったことでございます。それはたいてい笑顔のお多津さまでございましたが、

——お祖母さまが参られて、雪のように冷たい白い顔で、じいっとわたしを見つめるんだよ。これはそのお顔を描いた絵だよ。

そんなことをおっしゃるのでした。

そうそう、お夏さまが髪を結おうとすると、鏡のなかにお多津さまがいて、お夏さ

まの髪をつかもうと手を伸ばしてきた——などということもありました。お夏さまは家中がひっくり返るような大きなお声で叫ばれて、驚いた女中が引きつけを起こすなどという椿事もございました。

そしてお千代さまは——次第次第に正気をなくし、お千代さま以外の人の目には見えないお多津さまと、一日中親しくお話をするようになりました。

三月前の夜の事件の、最初のきっかけが何であったか、今となっては然とはわかりません。それでも、市兵衛さまもお夏さまも、久一郎さまも清治郎さまも、皆したたかに酔っておられたことは確かでございます。

台所の水瓶の水に、猫いらずを混ぜたのはいったい誰か——それも手前にはわかりかねます。しかし、おおかたは春治郎さまのなすったことではないかと察しております。あのお方のすっかり壊れたお心のなかに、懐かしいお祖母さまが現れて、この家を浄めるためにはそうしなければならないと、命じられたのかもしれません。少なくとも、御本人は息の絶える直前に、助けに駆けつけた者にそのようなことを漏らしたそうでございますよ。

もともと、春治郎さまはふた親にも二人の兄にも虐められ、身の置き所のないお方でございました。お千代さまが猫いらずを飲んで死にかけたことをきっかけに、弱いおつむりを働かせて、憎い家族を道連れに、死ぬおつもりだったのかもしれません。

お多津さまに命じられたなどというのは、春治郎さまなりの後付けの言い訳かもしれないと存じます。

それにしても、お店の奉公人たちが、ご家族の皆々様とは別の水瓶から水を飲んでいたのは、つくづくと幸いなことでございました。

奥向きで、毒を飲んだことを知ったご一家が、互いに互いをなじりあい、自分だけは助かろう、いやそうはさせぬと足を引っ張り合い、殴り合い蹴り合い最後には血みどろになって、結局は誰も助からなかった——そういう事の成り行きを、思い出すのも悲しいことでございます。ただひとりお千代さまだけは、ご自分の寝間で、安らかなお顔で亡くなっていたということが、手前には心の救いでございました。

お夏さまは息が絶える前に、盛んにお多津さまの名を呼んで罵っていたそうでございます。あっちへ行け、近づくなと、両腕を振り回し足を蹴り上げ、つかみあいの喧嘩でもしているような有様だったそうでございますよ。古参の女中がそのモノ狂いのような様子を目にして、髪が真っ白になってしまいました。それでもお夏さまの罵りようがあんまりすさまじいので、その女中はほんのひとときだけ、お多津さまが座敷牢からお出ましになって、すぐそこの唐紙の陰に立ち、お夏さまの死に様を見守っているのではないかと思ったそうです。しかし、よくよく見回せば、お多津さまはおられませんでした。いるはずもないのです。女中も手前も存じませんでしたが、お多津さまは、少なくとも一年前に、座敷牢のなかで、飢えて渇いて一人きりで、無惨にも亡くなっていたのですから。

手前どもはそれを知らなかった。しかし、お夏さまは知っていた。市兵衛さまも知っていたかもしれない。久一郎さまや清治郎さまも、それとなく察していたかもしれない。だからあの方たちには、お多津さまの亡霊が見えた。怨霊が見えた。そういうことだったのではございませんでしょうか。

＊

おや……小糠雨がやんだようでございますね。もう、お帰りになられますか。このような悲しいお話、あらためてお耳にされたところで、何がどうなるわけでもございますまいが、お気は済まれましたでしょうか。

――は？　大工？　大工がどうかいたしましたか？　川崎の？　お夏さまが雇い入れて座敷牢を造らせ、廊下の錠前を造らせた大工でございますか？

磯部さまは、その大工にお会いになった。

何と――申しておりましたか。その大工は。ひょっとして――

手前に――大番頭の松五郎に会ったことがあると申しましたか。一度だけ、お多津さまが座敷牢に押し込められて間もなく、松五郎が大工を訪ねて、畳に頭をすりつけて、合い鍵がほしいと願ったと。

ほう……そしてその大工は、松五郎の願いを聞き入れてやったと申しましたか。

松五郎は、そんな合い鍵など手に入れて、いったいどうするつもりだったのでございましょうね。磯部さま、どうお思いになりますか。

それにしても、おかしな男でございますね、松五郎も。合い鍵を手に入れたならば、さっさとお多津さまをお助けすればよかったのに。それが賢い者のすることでございますよ。

松五郎がようやく合い鍵を手にし、座敷牢に忍び込んだときには、お多津さまはお夏からさんざんにいたぶられていて、もう弱り切っていて……死にかけていたのでは……。

はあ、磯部さまはそんなふうにお考えになりますか。

松五郎はお多津さまを逃がすことができない。

お多津さまは、放っておけば、遅かれ早かれ虐め殺されてしまう。

そこで松五郎は考えた——お多津さまをお助けするには、方法はひとつしかないと。

この手で、今ここで、すんなりとお多津さまを楽にして差し上げることだ、と。

磯部さまはそんなふうにお考えになっているのでございますね。

それは——こう考えることもできるのではございませんか。座敷牢に忍び込んだ松五郎は、惨めにも死にかけたお多津さまに、早く楽にして欲しいと頼まれた、と。

そして、頼まれたとおりのことをした。

松五郎は、お多津さまの骨が座敷牢にあることを知っていた。お多津さまは喜んで死んでいかれた。

だから——松五郎のところにだけは、お多津さまの亡霊はやってこなかった。

それでも松五郎は、罪に問われるのでございましょうかね、磯部さま。

考えてみれば、亡霊は猫いらずなど使いませんねえ。水瓶に毒を入れるのは、人間の仕業です。

本当にお帰りでございますか。手前はここでお見送りをさせていただきます。ご無礼をいたしまして申し訳ございません。少しばかり身体が弱っております。手前ももう、そう永くはないということでございましょう。

毎夜眠りますとね、磯部さま。手前は夢をみます。お多津さまと一緒に、あの座敷牢に閉じこめられている夢を。そこでは、お多津さまも手前も影のようにひっそりとして薄っぺらで、ですからあの頑丈な牢の格子をすり抜けて、どこへでも出てゆかれるんでございます。

それが亡霊の正体でございますよ。

お足元にお気をつけてお帰りくださいまし。後生でございますから、もうお戻りのございませんように。振り返られることもございませんように。

松五郎の、これが末期のお願いでございます。

（角川文庫『あやし』に収録）

集まった四人

三津田信三

見知らぬ者同士が五、六人から十人くらい、偶然に、もしくは招待されて、山中の古城や孤島の城館で一堂に会するのだが、そこで恐ろしい事件が起きて……。というお話はミステリ系の小説や映画に於いて、昔から非常に好まれてきた設定である。お互いの素性を知らないがために、何か事件が起こると、誰を信用して良いのか分からず、徒に疑心暗鬼に陥ってしまう。そんなサスペンスに富む環境を簡単に作り出せることが、この設定に人気がある理由のひとつだと思う。

その代表作として真っ先に挙げられるのが、アガサ・クリスティ『そして誰もいなくなった』（一九三九）であることに、恐らく異論はないだろう。

U・N・オーエンと名乗る謎の人物から手紙を受け取り、デヴォン州の沖合の兵隊島（初版の黒人島も改訂版のインディアン島も差別表現と見做され、現在はこの表記になっている）の大邸宅にやって来た、年齢も職業も経歴もバラバラの十人の男女。招待主が姿を見せない食卓に、無気味なマザーグースの童謡が流れ、招待客全員の過去の犯罪を暴く声が聞こえてくる。やがて一人、また一人と、十人の客たちは童謡の歌詞通りに、順々に殺されていく……。

本作が舞台に、映画に、テレビドラマにと何度も取り上げられるのは、この異様な設定があまりにも魅力的だからである。見ず知らずの者たちが一箇所に集められるというシチュエーションで、プロットも含めて最も成功したのが、この作品であることは間違いない。

映画化は「そして誰もいなくなった」（米／一九四五）、「姿なき殺人者」（英／六五）、「そして誰もいなくなった」（伊・仏・西・西独／七四）、「10人の小さな黒人」（ソ／八七）、「サファリ殺人事件」（米／八九）と五度もされている。もっとも原作に忠実なのはソ連作品だけで、他は著者が本作を舞台劇化するために執筆した脚本が大本になっているうえ、各作品によっても改変がなされていて結構な異同がある。

ちなみに六度目の映画化は、アーノルド・シュワルツェネッガー主演のアクション物「サボタージュ」（米／二〇一四）というのだから驚く。いったい原作の要素がどこまで残されているのか、かなり不安に感じるのは僕だけではないだろう。

さて、このような前振りをしたからといって、本稿で紹介する無気味な体験談が、『そして誰もいなくなった』に似たお話というわけでは決してない。そのときの体験者の心情を考えるにあたり、これほど相応しい作品はないだろうと思い、最初に取り上げた次第である。

なお、これから記す気味の悪い話を、体験者――奥山勝也としておこう――から直接、僕は聞いたわけではない。某分野の専門書を多く手掛ける某版元の、かつて付き合いのあった編集者がある席で語ったのを、僕が当時カセットテープに録音しただけである。本来なら彼より体験者を紹介してもらい、僕が取材をやり直すところだが、その編集者とはとっくに音信不通で、どうしても捜し出すことができなかった。

以下に紹介するお話は、問題の体験談を奥山勝也の視点に立って再構成して、まとめ直したものである。念のためお断りしておくが、本稿に出てくる固有名詞の多くは仮名にしてある。それでも何らかの差し障りが出た場合、その責任は著者にあることを明記しておきたい。

*

奥山勝也は額に汗を掻きながら、待ち合わせ場所のS駅の南口に、なんとか三分遅れで着いた。たった三分と思う者もいるかもしれないが、待ち合わせの相手が岳将宣となると別である。

ところが、いくら辺りを見回しても、岳の姿が見えない。

まだ来てないのか。

ほっと安堵しながらも、とっさに彼は首を傾げた。

何事にも几帳面な岳は、バイト先でも常に時間厳守だった。　待ち合わせ時間に遅れるなど、まったく彼らしくない。

　とはいえ岳さんを待つしか、ここは仕方ないか。

　そう考えながら改札口の周囲を見回すと、明らかに仲間らしき者が三人、すぐ目に留まった。リュックサックを背負い、いかにも山歩きをする服装で、ハイキングシューズを履いている。そんな格好の者など、その三人の他には誰もいない。

　勝也の推測を裏づけるかのように、三人の誰もが自分以外の者に、ちらちらと視線を送っている。ただし全員が引っ込み思案なのか、一向に自分からは行動を起こさない。そこには勝也も、もちろん含まれていた。どうやら四人が四人とも、ひたすら岳将宣の到着を待っているらしい。

　なぜなら今回の、雨知地方の音ヶ碑山ハイキングの計画を立てたのは岳であり、参加者は彼の知り合いという共通点はあるものの、互いには面識が一切なかったからだ。つまり岳が来なければ、まったく何もはじまらなかったのである。

　にも拘らず約束の時間から十分が過ぎても、岳は現れない。

　何かあったのかな。

　勝也が心配するのと同調するように、今日の同行メンバーと思える三人も、腕時計に目を落としたり、周囲の人混みを見回したり、携帯電話を確かめたりと、次第に落ち着きがなくなってきた。

そうだ。携帯……。

ここまで走って来る途中で、携帯に着信があったことを勝也は思い出した。ひょっとするとあれは、岳将宣からの「遅れる」という連絡だったのではないか。

慌てて携帯を取り出すと、案の定、留守録が入っていた。電波の状態が悪いのか、ごぉぉぉっ……という物凄く煩い雑音が交じって、とても聞き取り難い。

勝也は必死に耳を澄ましたが、その顔が徐々に強張りはじめた。

「……山……から、今日は行けない。……けど奥山君がリーダーに………、予定通り………くれるかな。切符や……は、しらみね君………あるし、………につ いては……みさきさんが………。それじゃ、楽し………。よろしく」

理由は聞き取れなかったが、要は自分が参加できなくなったので、勝也がリーダーとなり、あとの三人と計画通りハイキングに行ってくれ——と、どうやら岳将宣は言っているらしい。

そんな、無理だよ。

勝也は途方に暮れたが、そのとき他の三人が、いつしか自分を見詰めていることに気づいた。彼が留守録で岳の伝言を聞いたのではないかと、もしかすると誰もが想像したのかもしれない。

勝也が意を決して動き出すと、バラバラに離れていた三人が、自然に彼のほうへ集まり出した。しかし誰も喋らない。なかには俯いたまま目を合わせない者さえいる。

「えーっと、あの……、ひょっとして皆さん、……岳さんの？」

しどろもどろになりながら、ようやく勝也が「岳」の名前を出すと、こっくりと三人が頷いた。そこで勝也は、まだ右手に持っていた携帯の留守録を、皆にも聞こえるように再生した。

「みさきというのは、私です」

すると長い黒髪を後ろで束ねた清楚な感じの女の子が、まず「岬麻里」だと自己紹介をした。大学の二年生らしい。

「しらみねは、俺だな」

次いで体格は良いものの、何処となく動きが鈍そうな印象を受ける男子が、「白峰亜希彦」だと名乗った。こちらは大学の三年生だという。

二人とも岳将宣とはバイト先で知り合い、色々と面倒を見てもらったらしい。勝也も同じだったので、そう言いながら自己紹介をした。

「岳さんと同じ四年生ということは、大学も一緒なんですか」

麻里に訊かれたので、勝也は首を振った。

「岳さんと知り合ったのは、僕もバイト先なんだ。それに四年生といっても、三回も、だっけ？　留年してるから――」

「あっ、そうでしたね」

困ったような顔で微笑む麻里に、ちょっと勝也はどぎまぎしながら、

「この中では、岳さんが年長者ということになるね。彼と知り合ったバイト先も、それぞれの大学も、全部バラバラなので――」

と言いかけたが、まだ三人目が一言も発していないことに気づき、とっさに言葉を濁した。

「それで、君は？」

小柄なうえに痩身で、おまけに童顔のため、見様によっては中学生と間違えそうな三人目の男子に、勝也は声をかけた。

「……山居章三です」

相変わらず視線を合わせぬまま、名前だけを答える彼に、いくつか勝也が質問をした。その結果、大学の一年生で、岳とは一年前に登山を通じて知り合ったことが分かった。

なんだ。ここに立派な経験者がいるんじゃないか。

一瞬、勝也は喜んだが、かなり引っ込み思案らしい山居章三に、到底リーダーが務まるとは思えない。しかも彼は、ここでは最年少である。

そのとき、ぼそっと亜希彦が呟いた。腕時計を見ると、確かに乗車予定の特急の発車時刻が近づいている。

「あーっと、切符は……」

「岳さんから買っておくようにって、俺が言われてる」

亜希彦が服のポケットから、乗車券込みの特急券を取り出したので、勝也はそれを受け取って配りつつ、

「とにかく電車に乗ろう」

皆を改札へと誘導した。こうして結局、音ヶ碑山ハイキングのリーダーを、彼が務める羽目になってしまった。

特急列車の指定席は、ちょうど二人席の前後が取れていた。そこで前の座席を百八十度回転させて、向かい合わせにする。

「岬さんには、進行方向の窓際に座ってもらうとして――」

紅一点の麻里を、まず勝也は優遇した。さて男はどうしたものかと思案していると、すすすっと白峰亜希彦が前に出て、ちょっと迷った素振りを見せたものの、さっと彼女の向かいに座ってしまった。

こんなときだけ素早いのか。

「時間がない」

勝也は怒るよりも呆れた。迷ったように映ったのは、麻里の隣に座るか向かいを選ぶかで、とっさに悩んだせいだろう。

こうなったら自分が麻里の隣に座りたい、と勝也は思った。

「白峰君は身体が大きいから、隣は山居君がいいかな」

実際に誰が見ても自然な組み合わせだったので、あまり勝也も良心が痛まない。とはいえ山居章三が素直に従ってくれたときは、ほっとした。

四人が座るのを待っていたように、すぐに列車がホームを離れた。しばらくは全員が車窓の風景に目を向けていたが、そのうち気まずい空気が流れ出した。誰も口を利かなかったからだ。

これから約一時間半、この状態が続くのか……。

そう考えると、早くも勝也は音を上げそうになった。

秋の行楽シーズンのうえ、乗車したのが観光地行きの列車にも拘らず、平日のせいか座席には余裕があった。それでも六十代と思しき女性のグループや、年配の夫婦連れが何組も目につく。しかも、どの座席でも談笑が絶えない。車両の中では最も若い勝也たちの席だけに、なんとも重苦しい沈黙が漂っている。

わざわざ彼女の前の席に座ったんなら、何か話しかけろよ。

亜希彦にはそう言いたかったが、もちろん勝也は黙っていた。二人が仲良くなるのは好ましくないので、この状況はむしろ歓迎すべきかもしれない。

それでも自分たちの座席だけが、ずっと静かなままの状態が続くと、とにかく誰でもいいから何か喋ってくれ、という気持ちになってきた。

「えーっと」

結局、口火を切ったのは勝也だった。岳からリーダーを任された——いや、強引に押しつけられた——のだから仕方ない。

「皆さん、音ヶ碑山に行くのは、はじめてかな」

麻里は「はい」と返事をし、亜希彦は鷹揚に頷き、章三は居眠りをしているかのように、こっくりと頭を下げた。

「岳さんによると、山登りというよりもハイキングに近いので、山には慣れていない我々でも大丈夫らしい。ただ、岳さんが来られないので、雨知のガイド本に載っている小さな地図しか、僕らにはないことになる。山頂までは一本道のようなので、まぁ大丈夫だとは思うけど、正直ちょっと不安が——」

と言いかけたところへ、すっと章三が畳まれた紙片を差し出した。

「これは？」

受け取って広げると、音ヶ碑山周辺の手描きの地図だった。

「岳さんお手製か。助かるよ」

とっさに感謝したものの、こんなものを持っているのなら早く出して欲しいと、心の中でぼやいた。

「他にも、岳さんから何か預かっている人はいるかな」

いるなら今すぐ出せと思いつつ、勝也が一人ひとりに目を向けていると、

「預かってるとか、そういうんじゃないんですけど――」

麻里が携帯を取り出しながら、意外なことを切り出した。

「実は三日前に、岳さんからメールが来て、今、音ヶ碑山にいるっていうんです」

「えっ、どういうこと？」

驚いたのは勝也だけではなかった。この発言には亜希彦も、大きな図体(ずうたい)を乗り出して反応している。

「私も、びっくりしました。岳さんによると、その前の週末に、雨知では集中豪雨があったので、心配になって見に行ったらしいんです」

「今日、そこを目指すのに？　三日前にも行ってたっていうの？」

「私たち、山は初心者ですからね。それで岳さん、安全確認のために、行ったみたいです」

そう聞くと、いかにも岳さんらしいなと勝也は妙に納得した。普通の人が感じるほどに、きっと彼は事前の山行きが嫌ではなかったのだ。

するとまるでそれを証明するかのように、ぼそっと章三が呟いた。

「あの人のお気に入りの場所のひとつが、音ヶ碑山でしたから……」

二人の知り合った場所が何処かの山だけに、岳の好みには詳しいらしい。

「私、前に岳さんから、音ヶ碑山の話を聞いたことがあります」

「俺も」

麻里と亜希彦の同意を耳にして、そう言えば自分にも覚えがあるな、と勝也は思い出した。

「だから岳さん、仮に続けて行くことになっても、まったく苦にならないんだ」

「むしろ嬉しいのかもしれません」

という麻里の指摘に、勝也は彼女と顔を見合わせ、お互いに微笑み合った。

「メールには他に何と？」

そこに亜希彦が、無粋にも割って入った。勝也はむっとしたが、麻里は慌てた様子で携帯に目を落とすと、

「予定のルートで泥濘んでる場所はあるけど、歩くには大丈夫だと、岳さんは判断しています」

「地図にも〈足元注意〉の書き込みが、ちゃんとあるよ」

まずは麻里に、それから章三と亜希彦に該当箇所を指差しながら、勝也は地図を見

せた。岳将宣からのメールに記されていた他の注意事項も、ほとんど漏らさず地図に書き込まれていることが確認できて、勝也は安心した。

「さすが岳さんだ」

改めて感心したものの、そのとき麻里の様子が可怪しいことに、彼は気づいた。

「どうかした？」

「それが……」

彼女は携帯の画面を、ゆっくりと彼に向けながら、

「こんなメール、三日前にはなかったのに……」

何だろうと思って見ると、次のような文章が読めた。

〈山友達に会った。新たなルートを発見。綺麗な石を人数分、ちゃんと見つけてくれた。当日のお楽しみができたな〉

一読して、特に変だと感じるところはない。ただ、なぜか引っかかった。理由は分からないが、どことなく奇妙だ……という印象を勝也は持った。

彼が素直な感想を口にすると、

「三日前のメールのあとに、こんなのなかったはずなんです」

麻里が気にしていたのは、内容よりもその点だった。

「メールが届いた日時は？」

「……三日前の、他のメールの、すぐあとになってます。でも、それなら私、きっと気づいたと思うんです」

「そうだな。ただメールって、届くのに物凄く時間がかかる場合があるから、これもそうかもしれない」

「送ったのが、山の上からですものね」

と口にしながらも、完全には納得していない口調である。

「この山友達って、誰だろ」

「山居君のような人でしょうか」

気を取り直した様子で、麻里は応えたものの、

「でも、もしそうなら岳さんのことですから、きっと今日のメンバーに、その人も誘ったんじゃないかなぁ」

最後のほうは独り言のような呟きで、そう続けた。

「心当たりはあるかな」

同じ山友達の章三に尋ねたが、俯いたまま首を振っている。

「それにしても、なんか変なメールだな。どう変かは、ちょっと説明し辛いけど」

「唐突だ」

勝也の疑問に、それこそ亜希彦が唐突に答えた。

「このメールが？」

「内容が」

もう少し愛想良く喋れないのかと腹が立ったが、リーダーという立場を考えて、勝也は我慢した。

「確かにそうだな。もっと説明があってもいいのに」

「必要なことだけを伝えた。そんな感じですよね」

あとを麻里が受けてくれたが、再び気を取り直したような様子で、

「けど、綺麗な石がお土産に用意されてるって思うと、ちょっと楽しみです」

いかにも女の子らしい発言をして、その場は収まった。

麻里と親しく話せたのは良かったが、男二人は頭が痛いと、勝也が心の中で一頻り(ひとしき)ぼやいていると、

「ここまで準備をしたのに、岳さん、急に行かれなくなって、残念でしょうね」

すっかり失念していたことを、彼女が口にした。いきなり留守録で欠席を告げられたのと、リーダー役を振られたせいで、そこまで頭が回らなかったらしい。

「ちょっと電話してくる」

三人に断って席を立つと、勝也は列車のデッキに出て、岳の携帯に電話した。

ところが、「……電源が入っていないか、電波の届かないところに……」という例

のメッセージが流れるばかりで、留守録にも切り替わらない。仕方がないので、四人で予定通り特急に乗っていること、急病ではないかと心配していることを、簡単にメールした。

すぐに返信があるかと思い少し待ってみたが、電話もメールも一向になく、勝也は言い知れぬ不安を覚えた。

まさか、事故にでも遭ったんじゃないよな。

つい最悪の想像をしたが、それなら留守録など吹き込めなかったはずだと思い直した。よく聞き取れなかったものの、少なくとも岳は普通に喋っていた。

やっぱり急用か。

当日の集合時間の直前に電話して、不参加を伝えるという行為は、まったく岳らしくない。本当に突発的な用事ができたとしか考えられない。

席に戻った勝也は、岳に連絡が取れないこと、恐らく止むに止まれぬ急用が生じたに違いないことを、三人に告げた。

「こんな対応は岳さんらしくないので、多分そういう事情があるんでしょうね」

麻里が理解を示すと、

「ああ」

亜希彦が相槌を打った。ただし、それは勝也への返事ではなく、彼女の台詞に応えたように見えた。

章三はやはり視線を合わせないまま、静かに頷いただけである。

そうこうしているうちに、列車は雨知の駅に到着した。特急の乗車中、ずっと気まずい沈黙に耐えるのか、という勝也の心配は杞憂に終わった。もっとも積極的に話をしたのは、彼と岬麻里の二人だったが、むしろ勝也は満足だった。列車の中での会話が、彼女との距離を縮めた気がしたからだ。

雨知駅で稚鳴線に乗り換えると、明らかにハイキング目的と思われる格好をした乗客が一気に増えた。といっても若者は勝也たちくらいで、あとは中高年か、それ以上の年齢の人たちばかりである。

下車する愿粥駅には二十数分で着くため、勝也は席に落ち着くや否や、岳が描いた地図を皆の前に広げると、ルートの確認を行なった。本来なら人数分のコピーを作って配るべきだが、章三から受け取ったのは特急の中である。下車したらコンビニを探すつもりだが、車窓の風景を眺める限り、かなり望み薄なことが分かる。

無人駅かと見紛うほど小さな愿粥駅に着くと、勝也たちの他にも何組かが下車した。周囲を見回すまでもなく、コンビニどころか店屋が一軒もない。そもそも民家でさえ、疎らにしか建っていない有様である。

先に降りた年配の女性グループのあとを辿る格好で、まず勝也たちは音ヶ碑山の麓にある黒日神社へ向かった。事前に彼が読んだガイドブックによると、ここは黒日神社の里宮であり、奥宮は山頂にあるという。そのため車やバスで行ける奥宮に比べると、最寄り駅からかなり歩かなければならない——周辺の道は狭くて小型車しか入れない——里宮は参拝客も少ないらしい。ただし音ヶ碑山に登るのであれば、必ず里宮にはお参りをしなければならない。疎かにしようものなら、一つ目で一本足の魔物に、山中で行き逢うという恐ろしい伝承がここにはあった。

もっとも魔物云々はガイドブックの情報ではなく、ネット上の怪談サイトで見つけた体験談に拠っている。それも一人ではなく複数の体験が書き込まれていたので、その手の話が好きな勝也でさえ、ちょっと厭な気分になってしまった。怪談話として聞いたり読んだりするのは楽しいが、実際にそこへ自分が行くとなると、やっぱり別である。それでも参加したのは、何かと頼りになる岳将宣が一緒だと思ったからだ。

なのに……。

黒日神社の里宮に参拝しながら、勝也はハイキングの無事を祈った。岳がいないのなら、もう神頼みするしかない。

お参りを終えて振り返ると、岬麻里と白峰亜希彦が熱心に両手を合わせている。

彼女はともかく、この男が……。

と意外に感じたが、薄目を開けた亜希彦が、ちらちらと麻里のほうを窺っていると分かり納得した。

彼女よりも長く熱心に拝んでいたと、本人に思わせたいわけか。それでどんな効果を見込んでいるのか、もちろん勝也には分からないが、麻里の気を惹くためであることは、まず間違いない。

あれ、もう一人は？

何処へ行ったのかと焦って辺りを見回すと、すでに神社の鳥居の手前にある石碑の横で三人を待っている、山居章三の姿が目に入った。

ここまでの消極的な態度とは、えらい違いだな。さすが岳さんの山友達といったところか。

呆れつつも勝也は感心した。山の経験がありながら、とても役立ちそうにないと思っていたが、もしかすると早計だったかもしれない。

ちなみに章三の側にある石碑は、黒日神社の参道から音ヶ碑山の山道へと導くための、目印となる起点碑だった。そこを少しでも越えると、もう山中である。

まだお参りしている二人に声をかけて、山道の起点碑まで勝也たちが行くと、いきなり章三が喋り出した。

「先頭は奥山さんで、二番手は岬さん、三番手は白峰さん、最後は僕という順番でいきましょう」

「そ、そうか」

突然のことで驚き、勝也が口籠っていると、

「山に詳しい山居君が、先に立ったほうが良くない？」

彼が主張したかった意見を、代わりに麻里が言ってくれた。

「山に慣れているのは、確かに僕独りだけのようです」

それまでの無口が嘘のように、いきなり章三は饒舌になった。

「ですから逆に、全員が目に入る一番後ろを、僕は歩くべきなんです。疲れて遅れ気味になっている人が取り残されないように、注意を払う役目ですね。奥山さんはリーダーですから一番前を、岬さんは唯一の女性なので二番目が順当です。すると白峰さんは自動的に、三番手となります。これがベストの並びでしょう」

さすがに彼の発言には、ちゃんと説得力があった。もっとも目を合わせないで喋るところは、相変わらずである。

「そうだな」

特に麻里からも亜希彦からも反論は出なかったので、自分が先頭というのは気が進まなかったが、勝也は章三の提案を受け入れることにした。

起点碑から一歩山側へ入ると、それまでの舗装路が一気に土道へと変わった。おまけに道幅も狭くなり、一列でないと歩けなくなる。そこを奥山勝也、岬麻里、白峰亜

希彦、山居章三の順で進む。

最初は緩やかな坂道程度だったが、すぐに勾配のきつい登りとなった。夏の間に茂りに茂った草木の強い匂いに、たちまち取り巻かれる。

はじめのうち勝也は、「足元に気をつけて」と麻里に声をかける余裕があった。しかし次第に、それどころではなくなってきた。

亜希彦は口数こそ少ないものの、傾斜の激しい所では、背後から麻里を押し上げたりした。そうやって彼女のお尻に触るつもりではないかと、勝也は不快感を覚えた。だが亜希彦も、しばらくすると青息吐息になってきたらしい。彼女が転びそうになっても、まったく知らん振りをし出した。

当の麻里は、勝也の声かけや亜希彦のお節介がなくなっても、一向に平気なようだった。先頭の勝也に遅れることもなく、ちゃんとついて来ている。もっとも山に入った当初は、「あの花、とっても綺麗ね」などと口にしていたのが、今では一言も喋らない。

結局、山道に少しも慣れていない三人は、すぐに自分のことだけで精一杯になってしまった。

「この山は雨知だけでなく、昔から稚鳴地方の人々の信仰を集めてきました」

例外は章三である。

「死んだ者は皆、この山に還ると信じられたからです」

これまでの引っ込み思案な様子とは裏腹に、まるで先へ進めば進むほど元気になっていくかのように話している。

「亡くなった肉親に会いたいと願う者は、先程の黒日神社にお参りして、山頂を目指しました」

誰に訊かれたわけでもないのに、音ヶ碑山の解説を突然はじめたのには、勝也もびっくりした。

「音ヶ碑山には、賽の河原があります。もちろん本当の川など流れていません。石ころだらけの場所が、帯のように長く続いている眺めを、川に見立てているのです」

かといって煩いとは感じなかった。あとの三人が喋る気力もないので、ちょうど良いかと思ったくらいである。

「そこで死んだ人の名を呼びながら、石を打ち鳴らすと、その人の霊が現れると伝えられています」

それに彼が口にしているのは、この山についてのガイドだった。むしろ有り難いと感謝すべきかもしれない。

「この儀式で注意が必要なのは、いつまでも石を打ち鳴らし続けてはいけない、ということです。そうすると関係のない亡者まで出てきて、そのまま山に留まってしまうと言われています」

　ただ、その内容が少し問題だった。

「また一人の人間が同じ石を、ずっと使うのも禁じられています。そんなことをすると、その石に死者の念が籠るからです」

　山に纏わる伝承というよりも、何やら怪談染みた話になっている。

「もちろん賽の河原以外の場所で石を打ち鳴らすのも、絶対にやってはいけません。亡者を誘き寄せるだけですから……」

　そんな恐ろしい場所に、自分たちは侵入しているのだと考えただけで、どうにも勝也は落ち着かなくなってきた。まして章三が話すのは普通の怪談ではなく、何百年もの歴史に裏打ちされた怪異なのだから余計である。

「この山で誰かと行き逢ったとき、『こんにちは』と挨拶したのに、相手からは『おーい』と、まるで遠くの人を呼ぶような返しがあった場合は、すぐにその場を離れることです。絶対にそのまま会話をしてはいけません。そんなことをすれば、それに連れて行かれますから……」

　にも拘らず耳を傾けてしまうのは、章三の語りが上手いせいか、聞いておかないと後悔する羽目になりそうだからか。

　しかしながら麻里も亜希彦も、ほとんど上の空だった。特に亜希彦は本当に見た目だけで、たちまち顎を出してしまった。章三の話を理解して聞いているとは、とても思えない為体である。

当初は勝也も、先に登った何組かの年配グループに追いつき、すぐに追い越すものと考えていた。だが、亜希彦が見事に足を引っ張った。追いつくどころかその背中さえ、いつまで経っても見えてこない。

音ヶ碑山は起点碑から山頂までの間に、道標となる石仏がほぼ等間隔に祀られている。ガイド本では、二つか三つの石仏ごとの休憩を勧めていたが、亜希彦は毎回それを望んだ。

「あんまり休憩し過ぎると、逆に疲れるんじゃないか」

休むたびに腰を下ろし、滝のように流れる汗をタオルで拭きつつ、水筒のお茶をがぶがぶと飲む亜希彦に、やんわりと注意するのだが、まったく何の反応も示さない。勝也に突っかかる気力も、どうやらないらしい。

まさに蝸牛のような歩みで、ようやく岳将宣が描いた地図の七合目に到着したころには、本来は山頂で摂る予定の昼食の時間になっていた。

「もうお昼だけど、どうするかな。ここで食べるといっても……」

道標の石仏の横に、ようやく二人ほど座れる空間があるだけで、あとは傾斜のきつい山道しかない。ちなみに石仏の隣には、当たり前のように亜希彦が腰を下ろして、過剰な水分補給をしている。

「無理して先に進んでも、きっと似たようなものでしょうね」

困って辺りを見回す勝也と同様、麻里も呆然とした表情である。

「腹は減った……けど、食欲ない」

そこへ大幅な遅れの原因となった亜希彦の、ぼそっとした呟きが聞こえた。

お前なぁ、誰のせいで——。

怒鳴りたいのを勝也が我慢していると、章三が意外なことを言い出した。

「ひょっとしてそこに、別の道がありませんか」

彼が指差したのは、石仏の背後に繁茂している深い藪である。

「何処に？」

勝也がいくら目を凝らしても、鬱蒼と茂った草木しか見えない。

「あっ、ほんとだ」

先に認めたのは麻里だった。亜希彦も気になるのか、振り返って藪を眺めていたが、

「あるな」と早くも問題の道を見つけてしまった。

自分だけ疎外された気分になった勝也は、慌てて藪に近づきながら繁々と観察した。

すると自然に生い茂っているかに見えた藪の前面が、実は草木を編んで作られた人工の板壁のようなものだと分かり、思わず仰天した。

「藪に見せかけた作りものの蓋で、ここを覆ってあるのか」

一瞥(いちべつ)しただけでは決して分からない、非常に巧妙な蓋に手をかけて退(ど)かすと、ぽっかりと別の道が現れた。

「これって、岳さんのメールにあった、新たなルートじゃないですか」

興奮した麻里の声に、

「きっとそうだ。近道だよ」

急に元気が出たらしい、現金な亜希彦の声が続いたが、なぜか勝也は素直に喜べなかった。

「石があるぞ」

正確には岩というべき大きさの、どっしりとした重厚な石が、ひょっこりと現れた山道の真ん中に、でんと据えられている。

「まるで通せんぼをしているみたいに見えないか」

あたかも通行禁止の標識のように、勝也には思えた。

「わざわざ誰かが、そこに置いたんでしょうか」

麻里の考え込むような口調とは対照的に、亜希彦の能天気な声音が答える。

「最初からあったんだろ」

「そうかな」

すかさず勝也は疑問を口にした。

「行く手を遮る岩といい、山道を隠すために藪に見せかけた蓋といい、ここへ誤って入る登山者がいないようにと、誰かが用意したんじゃないか」

「考え過ぎ」

すっかり元気を取り戻した亜希彦が、即座に否定する。

「しかしな――」

反論しかけた勝也に、章三は小学生のように「はい」と片手を挙げながら、

「ここでお昼にはできませんし、このまま登っても良い場所があるとも限りません。この別の道には岳さんも入られたみたいですので、ちょっとだけ試しに進んでみませんか。そのうえで、やっぱり危険だと一人でも思ったら、すぐに引き返すということで、どうでしょう」

麻里に目を向けると、章三の提案に賛成のようだったので、勝也も別の道を探ることに渋々ながら同意した。

隠されていた道の左右には密生した樹木と草木が犇めいて、半ば頭上まで覆っている状態だった。そのために、まるで真っ暗な隧道の中に入って行く感覚がある。ほとんど日が射さないせいか、土道も泥濘んだままだ。だから余計に地下洞窟を連想してしまう。先を見通そうにも暗過ぎるせいで、ほとんど分からない。

この道を辿ることに一番抵抗していた勝也が、リーダーという立場から真っ先に足を踏み入れる羽目になったのは、思えば皮肉だった。

やっぱり気が進まないなぁ。

大きな岩を迂回して、日中だというのに視界の悪い道に目を凝らし、ゆっくりと慎重に歩を進めながら、勝也は改めて思った。

いくら樹木の枝葉が陽光を遮っているとはいえ、隠された道に漂う空気は、ひんやりとし過ぎている。その異様な冷気が、汗を掻いた身体に心地好ければ良いのだが、むしろ逆だった。汗が乾くような爽快感など微塵もない。まるで冷たい空気がべたついた肌の下に潜り込んで、皮膚の内側を直接冷やしているようで気持ち悪い。そのため身体の表面は蒸し暑く感じるのに、内部には悪寒が走っている、そんな不快感を覚えてしまう。

早くここを通り抜けたい。

その一心で勝也が足を速めかけたときである。

「これ、岳さんの足跡じゃないですか」

後ろから麻里の声がした。

とっさに土道へ目を落とすと、自分たちが歩いているすぐ横に、点々と足跡らしきものが確かに標されている。

「やっぱり岳さんが見つけたのって、この道だったんですよ」

すっかり安心して喜んでいる麻里の声音を耳にしながら、勝也は妙な違和感を覚えてならなかった。

満足に太陽が射し込まないため、絶えず湿っているような道とはいえ、三日前の足跡が残るものだろうか。

まずそう感じた。凝じっと眺めれば眺めるほど、足跡が真新しく映ることも、彼の疑いをさらに強めた。

けど、この道なら有り得るか。

単に湿気が多いという理由だけでなく、この細長い空間に籠る忌まわしい空気が、恐らくそんな風に感じさせたのだろう。

ところが、そうやって納得しかけたのに、なぜか違和感は消えない。益々その足跡を凝視してしまう自分がいる。

何が気になるんだ？

少し歩く速度を落として、繁々と泥の土道に残る足跡を観察しているうちに、勝也は妙なことに気づいた。

左右のバランスが可怪しくないか。

普通に歩いたのであれ、速足であれ、駆け足であれ、左右の間隔はほぼ一定するはった。

ずである。それなのに、どう見てもずれている。しかも変なところは、まだ他にもあった。

左側より、右側のほうが新しい？

先程は足跡が真新しいと判断したのだが、よく眺めるとそう言えるのは右側だけだった。それに比べると左側のものは、明らかに古びていた。

要は左側の足跡が先について、その数日後に右側の足跡が標された。しかも左は奥へと進んでおり、右は奥から戻っているように映る。つまりこの足跡を標した者は、一本足で歩いたことになる。一本足のそれは、まず隠された泥濘の道へと足を踏み入れ、再び一本足でこの道から出て来た。そういうことではないのか。

一つ目で一本足の魔物……。

ネットで読んだこの山に纏わる怪談が、ふっと脳裏に蘇る。

まさか……。

さすがに信じる気にはなれなかった。かといって一笑に付すことも、なぜかできない。あと少しでも隧道の如き泥道が続けば、きっと勝也は「わあぁっ」という叫び声と共に、物凄い勢いで駆け出していただろう。

急に目の前が開けたかと思うと、ちょっとした草地に彼らは出ていた。そこは辺り一面を、ぐるっと薄に囲まれた不思議な空間だった。もし自分たちが音ヶ碑山の七合目まで登っている事実を忘れていたら、何処かの河原に出たのだと勘違いしたかもしれない。

「お昼を食べるのに、ちょうど良い岩がありますよ」

麻里の言う通り、草地の向こうには平らに広がった岩が見えた。四人が腰かけて昼食を摂るのに、まさに適した大きさである。

自然と皆の足が、その岩へと向かう。山頂に着いたわけでもないのに、全員の足取りが軽い。まとまった休みが取れると思うと、やっぱり誰もが嬉しいのだろう。

気味の悪い足跡のせいで、厭な不安を覚えていた勝也も、少しだけ気分が持ち直した。こうして青空の見える草地に身を置くと、あの道で囚われた考えが、俄かに莫迦らしく思えてくる。

腹ごしらえをして、休養を取って、あとは頂上を目指すだけだ。

勝也は前向きに考えようとした。リーダーとしての自覚が、再び芽生えたらしい。

それなのに岩が近づくにつれ、またしても言い知れぬ不安に駆られ出した。

なんか妙だな。

それまでは漠然と、長方形のテーブルに映っていた岩が、はっきりと両の眼で捉えられ出したとたん、まるで何かの祭壇のように見えはじめた。

気持ち悪い。

ただの自然の岩なのに、何処となく人工的な感じもする。けれど、いつ、誰が、何のために、こんなものを用意したのか。そう考えると単なる気のせいとしか思えない。

でも、相変わらず何か引っかかっている感じがある。

もやもやとした気分を勝也が覚えていると、

「あっ、ありましたよ！」

麻里の嬉しそうな声が上がった。

「きっとあれが、岳さんのお土産です」

彼女は小走りで平らな岩に辿り着いたあと、くるっと勝也たちに振り返って、自分の右手を差し出した。

そこには鶏卵くらいの大きさの、非常に美しい石が載っていた。表面が凄く滑らかな点も、とても鶏卵に似ている。白と灰と黒の混じり合った色合いも決して暗くはなく、逆に妙な落ち着きを感じるほどである。

「綺麗だな」

いつの間にか亜希彦が彼女の側に立っており、別の石を掌（てのひら）に載せている。

「宝物みたいだ」

しかも彼には似合わない台詞を吐きつつ、なんと麻里と微笑みを交わし合っているではないか。

「奥山さんの分もありますよ」

彼女に言われて岩の上を見ると、確かに卵石が一つだけ残っている。

「いや、僕は……」

石の造形があまりにも見事なため、思わず掌で握りたくなる衝動に駆られたが、辛うじて勝也は自制した。

……気持ち悪い。

平らな岩から受けたのと同じ嫌悪感を、その石にも覚えた。

どうしてこの石は、これほど卵に似ているのか。

どうすれば、こんなに滑らかで綺麗な表面になるのか。

そもそもこれは自然のものなのか、それとも……。

勝也が考え込んでいると、

「遠慮することありませんよ」

彼の態度を大いに勘違いしたらしい麻里に、そう言われた。

「私たちのお土産にって、岳さんが用意したものなんですから」

「いや、でも……」

断りの言葉を考えあぐねていると、残りの石が一つであることに、勝也は改めて気づいた。

「あと一つしかないから、これは山居君に譲るよ」

「あれ？　そう言えば、三つしかありませんね」

麻里が平らな岩の隅々まで見渡して探したが、他に卵石らしきものは何処にも見当たらない。

「私は結構です」

三人から少し離れた地点で佇んでいた章三が、これまで通り俯いたまま応えた。

「遠慮することないよ」

麻里の言葉をそのまま勝也は使ったのだが、章三は首を振りつつ、

「同じものを、すでに持っているんです」

そう言われると、もうどうしようもない。だが勝也も絶対に石には触れたくない。

「ここを発つときに、また荷造りするだろ。そのとき石をリュックに入れるとして、お弁当にしようか」

なんとも苦しい言い訳で、どうにかその場を誤魔化した。

昼食の間も、麻里と亜希彦は卵石に夢中だった。お互いの石を交換したり、勝也の分だという石と替えて欲しいと言い出したり、やっぱり元の石が良いと取り戻したりと、とにかく卵石の話題ばかりである。

章三がいらないのなら、どちらかが二つもらっても良いのではないか。この様子で

は、どちらであれ喜ぶのではないか。そう勝也は思った。

しかし二人は、昼食と休憩が終わって出発する段になると、三つ目の石を岩の上に戻してしまった。

ようやく自分の石が分かった。

麻里も亜希彦も、そんな晴れ晴れとした顔をしている。だからなのか、もう三つ目の石には何の興味も示していない。

このまま知らん振りをしよう。

二人の様子を窺いながら、勝也はそう決めた。

「山頂まで、もう少しだ。もちろん途中で休憩は取るけど、一回だけにするので、あとは頑張って登ろう」

勝也が発破をかけると、麻里だけでなく珍しく亜希彦も、「はい」と元気の良い返事をした。

「では、出発します」

やや足早に勝也は、岩のテーブルを離れた。さっさとこの場から立ち去りたい。それだけが彼の願いだった。

ところが、いくらも歩かないうちに、

「どうぞ」

真後ろから声がして、振り向くと章三が片手に載せた卵石を差し出している。

「あっ、それは……」

とっさに断る言葉が出てこない勝也に、

「どうぞ」

さらに章三が石を差し出す。

「……僕は、いいよ」

麻里たちには聞こえないほどの小声で囁き、彼だけに見えるように片手を胸の前で振った。

「どうぞ」

しかしながら章三は、なおも石を差し出してくる。

「いや、だから僕は、いいって……」

「どうぞ」

と言いながら章三が、ゆっくりと顔を上げた。

……目と目がはじめて合った。

片目の瞳孔が異様に大きい。いわゆる黒目の部分である。周囲の虹彩と、そのまた周りの強膜、つまり白目の部分がほとんどない。真っ黒な瞳孔だけが、大きく広がっている。もう片方の目はまったくの逆で、瞳孔と虹彩を合わせても点くらいの大きさしかなく、あとは強膜だけの真っ白な目だった。

片目だけが異様に黒い……。

それは間違いないのに、左右どちらの目なのか、どうしても分からない。白いと見えたはずの片目も同じである。

「どうぞ」

ずいっと差し出される卵石から無理に目を逸らすと、ぽっかりと口を開けた隧道の如き道と、そこから平らな岩まで広がる草地が目に入った。草地には勝也たちが通った跡が残っている。そのうち三人分は普通だったが、一人だけ明らかに変だった。

まるで一本足で歩いたような……。

「どうぞ」

ぬっと差し出される卵石に目を落としているうちに、勝也の頭は混乱しはじめた。色々な疑いや考えが、次々と浮かんでは消えていく。

岳は土産の石を、どうして隠された道の先に置いたのか。我々がそこへ足を踏み入れると、なぜ彼には分かったのか。

新ルートで出会った山友達を、どうして岳は誘わなかったのか。

もし岳が今回の登山に予定通り参加していたら、特急の座席が足りなかったのではないのか。

それとも岳は、その友達を誘ったのか。

そして岳の代わりに、彼は来たのか。

彼とは山居章三なのか。

岳のお気に入りの場所のひとつが、「音ヶ碑山でしたから……」と、あのとき章三は過去形で言わなかったか。

神社の鳥居を潜ってお参りせずに、章三は最初から石碑の横にいたのではないか。

岳は今このとき、いったい何処にいるのか。

「どうぞ」

なおも差し出される卵石を、目の前の恐怖から逃れたい一心で、勝也は受け取ってしまった。ただ、その後の記憶がかなり曖昧で、どうにもよく分からない。

予定の時間より大幅に遅れて、山頂に着いたことは覚えている。まずは黒日神社の奥宮にお参りしたのだが、山居章三の姿が見えないことに、そこで勝也はようやく気づいた。

ところが、岬麻里も白峰亜希彦も、そんな奴は最初からいないと否定した。岳が不参加になったので、三人で来たというのだ。その証拠に特急券が一枚、無駄になっているではないか、と亜希彦に呆れられる始末だった。

そんな……。

とても信じられなかったが、二人が嘘を吐いている様子は少しもない。亜希彦独りならまだしも、麻里まで同じことを言うのである。

はっと我に返って卵石のことを訊くと、二人とも得意気に取り出して、お互いが掌の上で楽しそうに転がしはじめた。それを勝也は素早く奪うと、自分の分と合わせて遠くに放り投げた。

「おい！」

「何するんですか！」

二人は烈火の如く怒ったあと、石を捜しに行こうとした。それを勝也が必死に止めていると、山を下るバスが発車の合図を鳴らしたので、半ば無理矢理に二人を乗車させた。もちろん勝也も二人のあとから乗り込んだ。

午後の早い時間だったので、それほどバスは混んでいない。にも拘らず二人は、勝也とは離れた座席を選んだ。完全に怒っているらしい。取り敢えずこの山から離れられれば良かったので、彼も好きにさせておいた。

あいつは、いったい何だったんだ？

ともすれば山居章三のことを、勝也は考えそうになった。だがバスに乗っているとはいえ、まだ山中にいるのだと思うと、急に怖くなってきた。

この山を出るまで、頭は空っぽにしておこう。

とはいえ何も考えないというのは、なかなか大変である。そのため麓の眺めが目に入った瞬間、ほっとすると同時に、どっとした疲れも勝也は感じた。

そこで突然、なぜか胸騒ぎを覚える。理由は見当もつかない。ただバスが走るに従い、どんどん不安になっていく。忌まわしい山から離れているのに、どうしてそんな思いに囚われるのか。

まさか……。

慌てて衣服のポケットを探り、リュックの中を検めると、あの卵石が見つかった。二人の石と一緒に、確かに投げ捨てたはずの石が、リュックの底に入っている。

急いで窓を開けて、石を外に放り投げる。二人にも注意しようとしたところで、バスが山の領域から出たことを、とっさに勝也は察した。もちろん境界線が見えたわけではないが、恐らく間違ってはいないだろう。

二人とはS駅まで一緒に帰ったが、途中いくら話しかけても、一言も応えなかった。そのため二人にも石が戻ってきたのかどうか、到頭分からず仕舞いだった。

翌週、二人からほぼ同時に、携帯にメールが届いた。用件は、雨知の音ヶ碑山に登ろう――という誘いだった。

〈山居章三君が案内してくれます〉

勝也は返信せずに、二人のメールを受け取り拒否に設定した。だから、その後の二人のことは何も知らない。ただ、行かなかった勝也の代わりに誰かを誘って、また四人であの山に登ったのではないか……という気がしてならなかった。

岳将宣には何度も連絡を取ろうとした。しかし携帯は繋がらず、バイト先で無理に教えてもらった集合住宅の部屋は、いつ行っても留守だった。郵便受けには新聞が溜まって、最近のものは外まで溢れており、もう長いこと岳が帰っていない事実を物語っていた。実家の連絡先をバイト先で尋ねたが、そこまでは知らないと言われた。

奥山勝也は大学を卒業して、そのまま東京で就職した。あれ以来、誰にどれほど誘われようと、山とその周辺には絶対に行かないようにしているという。

「登った先の山中で、ひょっこり誰かに出会ったらと思うと……」

もう恐ろしくて行けないらしい。

＊

本稿を書き上げたあと、担当編集者と電話で話す機会があった。そこで僕は、この話に登場する山居章三について、ある解釈を口にした。すると編集者が面白がってくれて、ぜひ書き加えて欲しいとお願いされた。そこで蛇足を承知で、その解釈を以下に記しておく。

山居章三の〈山居〉を同音の〈病〉と見做し、それを〈疒〉と表したうえで、〈章〉と合わせると〈瘴〉になる。残る〈三〉を同音の〈山〉と見做し、二つの漢字をひっくり返すと〈山瘴〉になる。

山瘴(さんしょう)とは、山が持つ毒気や山中の悪い空気のことを指す。

(集英社文庫『怪談のテープ起こし』に収録)

山荘奇譚

小池真理子

五月の連休が明けたばかりの午後。滝田のオフィスに、ファックスで簡素な訃報が送られてきた。大学時代の恩師で、法学部の教授だった桂木が亡くなり、二日後に通夜、三日後に告別式を行う、という知らせだった。

桂木は血液のがんに罹り、長く闘病生活を送っていた。ここのところ、状態が急速に悪化。この夏までは到底、もたないとわかっていたので、滝田は驚かなかった。

享年七十五。今年の二月、山梨県甲府市にある自宅で療養中の桂木を見舞ったのが最後になった。忙しいのに、何をのこのこやって来る必要がある、おれは見舞い客の相手なんざ、うっとうしいだけなんだ、などと憎まれ口をたたきつつも、旧い教え子が来てくれたのがよほど嬉しかったのだろう。桂木は勢いづくあまり、すでに飲めなくなっていたはずの酒を飲もうとし、妻に止められて、子どものように機嫌を損ねた。夫人が台所に立った隙に、滝田は黙って桂木に猪口を手渡し、ほんの数滴、酒を注いでやった。舌先で舐めるように口にふくみ、「今生の別れの美酒だな」とさびしそうに笑ってみせた恩師の顔には、すでにそのころからはっきりとした死相が出ていた。

もともと無頼を気取りたがる、反骨精神の旺盛な教授だった。学内では浮いた存在だったから敵が多く、学生の中には桂木を毛嫌いしている者も少なくなかった。

だが、滝田は初めから桂木とはうまが合った。迷わず桂木のゼミを受講し、桂木のあとを追いかけて行っては、質問を飛ばして、そのうち駅前の安酒場で気安く酒を飲むような間柄になった。

桂木は徹底した合理主義者で、胸のすくようなリアリストでもあった。非科学的なことはすべて毛嫌いし、理論上成立しないものをいたずらに信奉するのは知性の堕落だ、と決めつけた。

後の滝田が、現実的で論理的な考え方を貫き、根拠なく人の不安をかきたててくるものに背を向けて生きようとしてきたのも、桂木の影響が大きい。

だが、大学卒業後、東京の大手テレビ局に就職してから、滝田は仕事に忙殺されるようになった。人間関係も大きく変わり、桂木とは次第に疎遠になっていった。たまに電話で近況報告をするのがせいぜいで、そのうち、それすらも間遠になり、やがて年賀状のやりとりをするだけのつきあいに落ち着いた。

十数年前のことになるが、滝田は直属の上司と酒の席で烈しい口論になり、酔った勢いもあって、怒りにまかせたままその顔面を殴打してしまった。バランスをくずして床に倒れた上司は、後頭部を三針縫う怪我を負った。

その後、上司との話し合いが行われた。滝田の今後を慮ってくれた上司のおかげで、警察沙汰にはならずにすんだものの、局に居づらくなって辞表を出した。

もともと、いずれは独立したいという夢があった。彼はすぐさま、番組制作会社を立ち上げるために動き始めた。局時代の人脈を頼りに走り回ってオフィスを構え、人を雇った。

ひと通り準備を整え、ひと息つくことができたころ、桂木本人からオフィスに電話がかかってきた。独立した旨を短くしたためた年賀状に、オフィスの連絡先を記しておいたからだった。

桂木は滝田が電話で打ち明けた局での不祥事を笑い飛ばし、独立を祝ってくれた。その後、桂木との交流が再開した。

一人息子が引きこもりになって往生した時も、彼自身の生き方の問題で諍いが絶えなくなり、妻が息子を連れて家を出た時も、離婚が成立した時も、会社の経営がなかなか軌道に乗らず、八方塞がりの気分になっていた時も、滝田は桂木にだけは正直に気持ちを打ち明けてきた。

桂木は、彼から何を聞かされても驚いたり、憐れんだりしなかった。アドバイスをするどころか、感想すら述べず、面白そうに肩を揺すって笑いこけた。人生は退屈しないもんだなあ、と言って、いたずらっぽく目を細めながら酒を飲み続けた。そんな桂木を前にしていると、ふしぎと気持ちが楽になった。

人生の厄介ごとの数々を笑い飛ばしてみせる、というのは、そう簡単にできることではない。いい先生だった、と滝田は改めてしみじみ思い返し、恩師の死を悼んだ。

通夜は甲府市郊外の寺で営まれた。滝田が到着したのは通夜の始まる十分前。僧侶（そうりょ）がまだ姿を現しておらず、参列客があちこちでざわざわと話し込んでいたが、ざっと見渡した限り、会場に滝田の知っている顔はなかった。

桂木の妻は、どこか具合でも悪いのか、痩（や）せて疲れきった様子でいたため、あれこれ話しかけるのが憚（はばか）られた。桂木の子ども夫婦や孫たちの姿があったものの、かつて一度も紹介されたことがないので、挨拶（あいさつ）は差し控えた。

会場の別室には、精進落としの席が設けられていた。葬儀屋から、そちらのほうに行くよう勧められたが、滝田は焼香をすませると、早々に会場を出た。いたずらに長居して、見知らぬ人々と鮨（すし）をつまみ、ぬるいビールを飲むつもりはなかった。

生命は例外なく終わりを迎え、肉体はおろか、通りすぎてきた時間のすべてが無に帰す。広大無辺な闇の中に旅立った死者に、儀式としての挨拶さえ終えれば、あとの余計な気遣いは不要だった。そうしたことも、桂木から学んできたような気がした。

通夜会場の外に出てから、滝田はマナーモードにしておいたスマートフォンを取り出した。メールが一通、届いていた。滝田がテレビ局に在職中、何かと面倒をみて育ててやって、現在はディレクターとして活躍している女性からのメールだった。

八月に恒例の、真夏の心霊特集があり、自分が一部を任されているのだが、今年はこれといった目玉がなくて困っている、視聴者から寄せられた実話や心霊写真、動画のたぐいは相変わらず新鮮味がない、そこでいつものことで申し訳ないが、滝田さんの幅広い交友関係の中に、その種の実話に詳しい方、もしくは、人に語りたくないほどの恐怖経験をされたような方がおられたら紹介していただきたい……といったようなことが書かれてあった。

末尾には「滝田さんが、心霊もの嫌いだということは昔からよく存じていますが、そのあたり、何卒よろしくお願いします」とあった。

やれやれ、と思い、滝田は苦笑をもらした。

彼女は三十九歳。独身。「久保美鈴」という愛らしい名前からは想像もつかないほど、男まさりの仕事人間だった。色気とは縁遠く、ファッションにもメイクにも関心がなくて、洗いざらしのデニムとシャツのまま、どれほど条件の悪いロケ地にも捨て身で飛びこんでいく。朝から晩まで、番組を作ることしか考えていない。誰よりも負けん気の強い、弱音を吐かない女だったが、滝田にだけは気を許し、滝田が独立した後も何かと頼りにしてくる。

才能を認めて育ててやった以上、可愛いと思うこともないわけではないが、そろそろ勘弁してくれよ、と滝田は思っている。だいたい、滝田が得意とするところのドキュメンタリーやトーク番組なら、幅広い人脈を使って、なんとか手助けしてやれないでもないが、心霊特集となるとお手上げだった。彼は廃墟に現れる幽霊だの、悪霊に取りつかれた古民家だの、といったものを大まじめに番組で取り上げること自体に嫌悪感を抱いていた。

局側がどこまで利用しているのかは知らないが、世間には心霊ものを専門に扱う業者もいる。うまく合成して心霊写真や動画を作りあげるのは当たり前。劇団員をアルバイトとして使い、顔にぼかしを入れて、ありもしない体験を語らせたり、恐怖に怯えている様を撮影したり、やろうと思えば何だってできるのだ。

わざわざ真夜中に心霊スポットとやらを訪れて、いい年をした大人が真顔できゃーきゃー叫んだり、手に大きな数珠をぶら下げた、自称霊能者が、ぶるぶる震えながら念仏を唱えたりするのを観ているだけで、怖いどころか白けきってしまう。過酷で厄介な現実を生き抜いていくことだけで精一杯な滝田のような人間にとって、心霊特集など、馬鹿馬鹿しいだけのしろものだった。

死んだ人間など、怖くもなんともない。人は死ねば無になる。何も残らない。生きている人間のほうがよほど怖いのだ。

美鈴からのメールには明日、適当に返信すればいい、と思った。何なら電話してもいい。今後、心霊ものだけは協力できない、ということを美鈴にもきちんと理解させるべきだった。滝田はスマートフォンを上着の内ポケットに戻し、歩き始めた。その晩は近隣の静かなところに宿をとり、一人で桂木を偲びながら、しみじみと酒を飲んで過ごすつもりだった。事務所のスタッフにも、短い休みをとると伝えてある。東京には明日の夕刻に戻ればよく、そのためのスケジュールの調整も済んでいる。

　ここのところ、いつにも増して、多忙だった。会議に次ぐ会議。打ち合わせ。夜はよく知りもしない相手との、義理の会食。酒のつきあい。頼まれごと、頼みごとの数々。札幌や福岡への日帰り出張。……五十五歳の肉体には過酷な毎日だった。

　最近、四十代五十代の若さで突然死する業界の人間が、あとを絶たない。テレビの世界、映像の世界は一から十まで体力勝負だった。誰もが一触即発のリスクを抱えていて、自分も例外ではないことを滝田はよく知っていた。

　日が長くなったとはいえ、その時刻、すでにあたりはとっぷりと暮れていた。彼は境内のぼんやりとした明かりの中、立ち止まってたばこをくわえ、火をつけた。深々と煙を吸い込んでから、再び歩みを進めた。

　境内の外の専用駐車場に、通夜の客の誰かが待たせているのか、あるいは参列客を目当てに客待ちしているのか、一台の空車タクシーが停まっているのが目に入った。ヘッドライトをつけておらず、エンジンもかけていなかったが、運転席に運転手が座っているのはすぐにわかった。

けてくれた。

滝田はタクシーに近づいた。滝田に気づいた運転手が、すぐに後部座席のドアを開けてくれた。

開けられたドアに首だけ突っ込み、煙草の煙を片手ではらいながら、滝田は「これ、送迎用？　それとも客待ち？」と訊ねた。

ごま塩頭の大柄の運転手が、車内灯の明かりの中、「送迎じゃないです」と答えた。「こちらでお通夜があると聞いたんで、ひょっとするとお客さんがいるかと思って」

「じゃ、頼むよ」

「どうぞどうぞ。どちらまで行かれます？」

「それがさ、まだ決めてないんだよ。これからすぐ東京に帰る気がしないから、今夜はこのへんで、のんびり一泊しようと思ってたんだけど、忙しくて予約もできなくてね。飛び込みでもいいか、と思ってさ。近くにお薦めの宿があったら教えてもらえないかな」

「のんびり、ってことになると、温泉がいいですかね。そうじゃなきゃ、リゾートホテル？」

「いや、ホテルはどこも同じだろうから遠慮したいね。それに、温泉じゃないほうがいいんだ。実を言うと、僕は温泉につかるのが、あんまり好きじゃなくてさ」

「ああ、男性ではたまにそういう方、いらっしゃいますねえ」

「たとえば、辺鄙なところにぽつんとある、鄙びた宿、みたいな感じが今日の気分なんだけどね」

思いつきで言ったに過ぎなかった。どんな宿に泊まりたいか、考えていたわけではない。ありふれた温泉宿でもいいのだった。

ビジネスホテル以外だったら、どこでもいいや、と言い直そうとした時だった。運転手が、突然、閃いたかのように「そうだ」と声をあげた。「それでしたら、赤間山荘なんかはどうですかね」

「アカマサンソウ?」と滝田は訊き返した。「アサマサンソウ、の間違いじゃないの? 軽井沢のさ」

「いいや、お客さん、赤い間、と書く赤間山荘ですよ。甲府から離れますけど、なに、それほど遠くありません。ちょっと山の奥に入ったあたりにあるんですが、自然に囲まれてて、そりゃあ静かでいいとこですよ。自分はそこの女将をよく知ってるんです。実を言いますとね、小学校のね、同級生なもんで」

そう言ってごま塩頭の運転手は、ひひ、と低く笑い、携帯電話を取り出した。「部屋、空いてるかどうか、電話してみましょうか。どうします?」

「ここからどのくらいかかるの」

「そうさなあ、甲府市内を抜けるのに少し渋滞するかもしれないけど、三、四十分もあれば」

「三、四十分となると、けっこうな距離だな」

「静かなところ、ってなると、どうしてもね」

きっと、そのアサマだかアカマだかの山荘とやらの女将とこいつは、グルなんだろう、と滝田は思った。このあたりをうろついている男の一人客を拾って連れて行けば、ごま塩頭のポケットに幾らかの謝礼が入るようになっているのかもしれない。

あるいは、その山荘は、金を払えばその手の「遊び」を提供するところなのかもしれなかった。そのような宿はいくらでもある。

出張で束の間の自由な夜を約束された、しがないサラリーマンには思わぬ僥倖かもしれないが、自分にはそんなものは不要だ、と滝田は思った。ふだんならまだしも、桂木の通夜に参列した日の晩だった。いくらなんでも、そうした遊び気分にはなれなかった。

だが、泊まるだけならいいのかもしれない。他を探してもらうのも面倒だった。

「いいよ。そんなに言うなら、そこにしてみるか」と滝田は言った。

言ったとたん、急に疲労感を覚えた。喪服ではなく、黒のスーツを着てきた。少し太ったのか、ウェストまわりや肩のあたりが、心なしきつい。早く脱いでシャワーを浴び、浴衣に着替えて冷たいビールが飲めるのなら、宿など、どこでもよかった。

ごま塩頭の運転手は、二つ折りの携帯電話を操作し、耳にあてがって「あ、もしもし？　女将いますか？」と大声で訊いた。「タクシーの杉山、と言ってもらえれば、わかるんだけど」

ややあって、女将が電話に出てきたようだった。短い会話を交わし、ごま塩頭は携帯を耳から離して「部屋は空いてるそうですよ」と滝田に言った。「今、七時五分前ですよね。あっちに着いて食事を始めるのが八時近くになっちゃうんで、もし来られるようなら、今からもう、食事の準備を始めときます、ってことですが、どうします？」

「じゃあ、そうしてもらうよ」と滝田は言った。

少し投げやりな気分にもなっていた。こいつは完全に山荘と組んでる、と確信を抱いた。連休明けの暇な時期、山荘は客を一人ゲットできるし、運転手は山荘までのタクシー料金に加えて、小遣い銭が手に入る仕組みになっているのだ。

いくら不況続きとはいえ、世の中、相変わらずせちがらいもんだな、と思うと、今さらながらにうんざりした。見知らぬ土地の鄙びた宿でのんびりしたい、などと、珍しく殊勝なことを考えたのがいけなかった。おとなしく東京に戻り、行きつけの店で桂木のことを思い出しながら一人酒でもやっていればよかった、と早くも後悔にかられた。

「決まったんだから、早くその山荘とやらに行ってくれよ」

滝田はぶっきらぼうにそう言ったが、ごま塩頭の運転手の愛想はよかった。「かしこまりました」と、ぎこちない口調で言うなり、彼は大仰な手つきで車を発進させた。発進の仕方は、有名ハイヤー会社の運転手のそれのように、ゆるやかで丁寧だった。

しばらくの間、愚にもつかない、甲府の小学校時代の思い出話を聞かされた。あげく、今日は、どなたのお通夜だったんですか、などと、いらぬ質問をされ、滝田はさらにうんざりした。

車が甲府市内を出たのを確かめてから、滝田は「あのさ」とできるだけ優しく運転手に話しかけた。「ちょっと疲れたんで、ひと眠りしたいんだ。着いたら起こしてくれる？」

バックミラー越しにちらりと後部座席に視線を走らせた運転手は、行き交う車のヘッドライトの光の中で、大きな目をぎょろりとまわした。

「ごゆっくりお休みくださいまし」

下手な役者の台詞のように、わざとらしくつぶやくように言った声が、どことなく人を小馬鹿にしているようで、癇に障った。滝田は腕を組んで目を閉じ、シートにもたれながら、ぷいと顔をそむけた。

どうせ安手のモーテルまがいの、情緒はおろか、センスのかけらもないところなのだろう、と思っていた。何の期待もしていなかった。そのため、赤間山荘を目にした滝田がまず感じたのは、自分の中を駆け抜けていく大きな驚きだった。

甲府市内を出て十八キロほど走り、山に入って、少し坂道を上った左側。ゆるやかな崖の上に建つ平屋で、クリーム色の外壁は塗り替えたばかりなのか、まだ新しい。どっしりとした造りの、まるで森の奥にひっそりと建つ小さな高級ホテルのようでもある。

気品ある佇まいの建物の、窓という窓からはやわらかな黄色い明かりがこぼれ、月の出ていない夜だったにもかかわらず、あたりの木立を覆い尽くす闇の奥深くにまで溶けこんでいた。

茄子紺色の玉砂利が敷きつめられた、清潔な車寄せにタクシーが到着すると、奥から和服姿の女将が笑顔で走り出て来た。六十代も半ばと思われ、確かにごま塩頭の運転手と同世代のようだったが、豊満で色白の女将は運転手よりもはるかに都会的で、身のこなしも言葉づかいもきびきびしていた。

「ようこそ、こんな遠いところまでおいでくださいました。お待ちしておりました」

そう言いながら、笑顔のまま滝田が手にしていた黒い革製のブリーフケースを受け取ろうとしたが、滝田はそれをやわらかく辞退した。

「こちらの運転手さんの強力なお薦めがあってね。それほどの場所なら、ぜひ、と思って来てみたんですが、いやぁ、これは実にいいところですね」

「ありがとうございます。暗くなってしまいましたので、景色をご覧いただけずに残念ですが、明日の朝には、お部屋からの眺めをご堪能いただけます。お食事のご用意もできてございます。お疲れのことでしょう。さあ、こちらにどうぞ」

「じゃ、女将さん、私はこれで」

ごま塩頭が女将に声をかけると、女将は颯爽とした動きで振り返り、「ご苦労さまでした」と言ってお辞儀をした。小学校の同級生を相手にするにしては、不自然に職業的な言い方だったのが、かえって怪しく感じられたが、滝田はもう、それ以上、詮索しないようにした。

地方都市の郊外によくある、安っぽい宿を想像していたのだが、ここには歴史を刻んだ品格が感じられた。通夜のあと、偶然とはいえ、これだけまともな宿を紹介してもらえたのだから、何の文句もなかった。

エントランスホールに入ると、若い女が出迎えに出て来た。和服の似合わない、いかり肩の痩せた女だった。

無表情が板についており、「いらっしゃいませ」と言う時も、「お鞄、お持ちいたします」と言う時も、紙に書かれた台詞を棒読みしているだけのように感じられる。

請われるまま、滝田が宿泊者名簿に名前と住所を記すと、女将は「ありがとうございます」と言ってにっこりした。

丁重な手つきで、名刺を差し出された。「赤間山荘　赤間登紀子」とあった。

「ほう」と滝田は言った。「お名前がそのまま、山荘の屋号に？」

「そうなんです。ここは祖父の代からありまして、私で三代目になります」

張りのある二重顎のあたりに、少女めいた愛らしさが残っている。笑顔が優しげで、嫌みを感じさせない女だった。滝田は好感を抱いた。

「滝田様、お風呂ですが、あいにく今日はお客様がおいでになりそうになかったので、大浴場を閉めてしまっておりまして……。客室のお風呂を使っていただくしかないのですが、本当に申し訳ございません。大浴場のほうは、明日の朝にはお使いいただけるよう準備を整えておきますので。崖の向こう側の景色が一望できる、見晴らしのいい、私ども自慢のお風呂なんですよ。明日はぜひ」

「あれ？」と滝田はびっくりしたように眉を上げてみせた。「今夜、客は僕だけですか」

「はい」と女将はうなずき、またにっこりした。「ゴールデンウィーク中はおかげさまで連日、満室でしたのに、連休が終わってしまうとさっぱりで。でも、こうして滝田様においでいただけて、本当に嬉しゅうございます。山荘の出入り口は防犯上、まもなく閉めさせていただきますが、何かご入り用のものなどございましたら、何時でも承りますので、お申しつけください。……あ、里美ちゃん、滝田様をお部屋にご案内して」

里美、と呼ばれたいかり肩の女は、こくりとうなずき、滝田を先導して歩き始めた。フロントとは名ばかりの、細長い洋風のデスクを置いたホールを突っ切ると、仄暗く静かな廊下が伸びている。客室はすべて、その廊下に沿って並んでいた。

ホールの反対側が大浴場でございます、と里美が言い、言いながら、やる気のなさそうな仕草で一番奥のドアの鍵を開けた。「お食事は後ほど、こちらにお運びしますので。ご用意ができましたら、フロントのほうにお電話ください」

窓から見えるであろう景観についてや、明日の天候の話など、あれこれ訊ねようとして、滝田はすぐに諦めた。この若い女が客と世間話を交わせるとは思えなかった。星の数ほどいるタレント志願の若い娘たちが、大人の男を相手に、ふつうの会話ができないのと同じように。

里美が退出していった後、彼はスーツを脱いでクローゼットのハンガーにかけた。部屋は和洋折衷の設えになっており、いささか旧くなってはいるが、センスは悪くなかった。広々としたツインベッドルームの隣に、床の間つきの八畳ほどの和室。室内には、黒檀のどっしりした座卓と、座布団つきの座椅子が備えられている。

ベッドルームの小型冷蔵庫には、缶ビールやミネラルウォーターなどの飲み物類がぎっしりと入っていた。彼はまず、缶ビールのプルタブを起こし、口をつけて勢いよくごくごくと飲んだ。よく冷えていて、美味（うま）かった。

ひと息ついてからシャワーを浴び、ベッドに備えられていた白地に紺絣（こんがすり）の模様の入った古風な浴衣を着た。そうこうするうちに、空腹でみっともないほど腹が鳴り出した。

忙しくしていると、空腹すら感じないことも多い。やはり、こうした無為の時間を過ごすことは大切だ、と思いつつ、彼はフロントに食事を頼む電話をかけた。

部屋に食事を運んで来てくれたのは、里美を従えた女将だった。キャスターつきの移動式配膳台（はいぜんだい）に恭しく載せられた食事は、旅館のそれのような和食だった。いかにも素朴そうだったが、そこにもまた滝田は好感を抱いた。

「調理場の人間が今日は一人になってしまって、なかなかふだんのようにはいかなかったのですが。お口に合えばよろしいのですけれど」

里美に手伝わせて、料理の皿の数々を座卓に並べながら、女将はそう言った。続いて配膳台の下のほうから、罎（びん）ビールが取り出された。

「大浴場にご案内できない上に、お料理のほうも中途半端になって、申し訳ありません。これはほんの私からのサービスです」

お注ぎいたしましょうと言われたので、滝田は慌ててグラスを手にした。

「冷酒もお持ちしました。大したものではありませんが」

「冷酒か。いいですね。いただこうか」

料理を運んで来ただけで、すぐに引き上げていくとばかり思っていた女将は、いっこうに出て行く気配がなかった。里美に向かって「ご苦労さま。ここはもういいわ」と言うと、里美はこくりとうなずき、部屋から出て行った。

「今時の若い女の子は無愛想で困ります」と女将が苦笑した。「お客様にご挨拶ひとつ、できないんですから。いくら教えても、空回りばかりです」

「いや、どこも同じですよ。女の子も若い男も。昔とは違いますから」

「本当に困ったものです。さ、おひとつ、どうぞ」

冷酒用の小ぶりのグラスを手渡され、滝田は女将の酌を受けた。ありふれた、どこにでもある酒だったが、塩味の効いた小鉢料理の数々をつつきながら飲んでいくうちに、身体の芯にあった根深い凝りが徐々に解れていくような気がした。

「それにしても、驚いた」と滝田は笑みをにじませながら言った。「女将さんに直々、お相手していただけるとはね」

「他にお客様がおいでにならない時は、せめてこうやって、お話し相手に、と思ってしまうのが私の昔からの性分でして」

「いつもこんなふうに？」

「お独りのお客様は少ないですし、ご家族連れやカップルのお客様の場合は、たいてい水いらずのほうがお好きなので、いつもというわけではありませんが。あの、もしお邪魔でしたら、ご遠慮なくおっしゃってくださいね。すぐに退散いたしますから」

「いや、いいんですよ。こんなふうにされていると、日頃のストレスから解放される感じがして、ありがたいです」

「お忙しくていらっしゃるのですね」

「テレビを中心にした、番組制作会社を経営してるんですよ。小さな会社ですがね、毎日が戦争です。ストレスを感じている暇もない」

「まあ、そんなに」

滝田はうなずき、訊かれもしないのに、その日、甲府で学生時代の恩師の通夜が営まれたという話をした。恩師がどんな人間だったのか、どんな影響を受けたのか、ということや、会社設立にいたる流れ、果ては自身の離婚劇についても、べらべらとしゃべりまくり、おれはいったい全体、初対面の人間に向かって何をしゃべってるんだ、と訝しく思いながらも、彼は女将から注がれるまま、酒を飲み、料理をつついた。

女将は彼の話に熱心に耳を傾け、うなずいたり、笑ったり、時に情け深そうに眉をひそめたりした。合間に短い感想を口にしてきたが、そのどれもが優しい、人間味あふれるものに感じられた。彼はさらに上機嫌になった。

「いやあ、今日の運転手さんに感謝しなくちゃな」と滝田は赤い顔をして言った。「まさか、こんなに気分のいい宿を紹介してもらえるとは、夢にも思っていなかった。こう言っては失礼だが、まさに拾い物でしたよ」

女将は滝田が勧める酒には手をつけなかった。酒は一滴も飲めない、ということだった。それでも酔いがまわった客のあしらいには慣れているようで、「あらまあ、ありがとうございます。おほめいただいて、光栄です」と言いながら、ちら、と意味ありげに、上目づかいに彼を見た。「……あのう、滝田様」

「ん？」

「変なことを申し上げるようですが、私、実はさっきから、気持ちが騒いでしまって、どうしようもありません」

一秒の何分の一かの短い間に、滝田の頭の中を邪な想像がかけめぐった。まさか、とは思うし、相手は自分より年上の、六十路の女である。だが、あり得ない話ではない。

「気持ちが騒ぐ？」と彼は何も気づかなかったふりをして聞き返した。「それはまたどうしてです」

「うまく説明するのが難しいんですが……ふだん、誰にもお話ししないようなことを私、急に、ここで今、滝田様に聞いていただきたくなってしまって。滝田様が、テレビ関係のお仕事をされていて、ふつうの方よりもずっと、いろいろなことに関心がおありなんだろうと思うと、余計に」

　重大な秘密を明かしてみせることで、男の客との距離を縮め、性的なふるまいにもっていこうとしているのか、と疑うこともできた。だが、滝田はすぐに、そんな馬鹿げた想像をする自分を羞じた。女将から漂ってくるのは、その種の下卑た誘惑ではなく、もっと別の何か……ひた隠しにされた不安のにおいだった。

「夜は長いし」と言い、滝田は平静を装って、グラスの中の酒をすいと空けた。「どんなお話でも伺いますよ。これも何かの御縁です」

　グラスが空になったことにも気づかないのか、女将は急に真顔になって、畳の上で座り直すと、改まったように正面からじっと彼を見つめた。「こういった種類の話は、おいやかもしれないとわかっています。でも、事実なので……」

「女将さんも、やたらと気をもたせますねえ」

　滝田は笑ってみせたが、女将は笑わなかった。部屋の温度が少し下がり、冷たい静寂が埃のように降り積もっていくような気がした。その瞬間、滝田は女将がこれから話そうとしていることが何なのか、勘づいて、思わず肩の緊張をといた。

　いやはや、と滝田は思った。心霊現象だの、幽霊の呪いだの、といった因縁話に違いなかった。この山荘は明るくて清潔で、かつて自殺者が出たとか、殺人事件があったとか、心霊スポットとしてひそかに話題になっているとか、その種の話が似合うとは思えないから、おそらく地縛霊だとかなんとか、そういったたぐいのものだろう。さもなかったら、付近の山にまつわる怪異の話か？

滝田は内心ひそかに、皮肉をこめて嘆息した。よりによってその種の話を聞かされるとは。熱心に聞いているふりをすることはいくらでもできるが、鼻白むあまり、そのうち眠くなってしまうに違いない。

だが、女将が彼の気持ちの変化に気づいた様子はなかった。初めはいかにもおずおずと、話しづらそうにしていたものの、そのうち勢いこんだような話し方に変わっていった。

……このあたりでは明治時代初期に葡萄酒製造の会社が設立され、昔からワインに関心の高い人間が多かった。赤間山荘の初代の主である女将の祖父も例外ではなく、山間の、崖の多い土地の特性を活かして、山荘の下に地下道のような細長い、今で言うところのワインセラーを造った。湿度といい、室温といい、ちょうどいい具合だったため、女将の祖父は、内外で買い求めてきたワインボトルをそこに貯蔵し、客にふるまったり、自身が楽しんだりしていた。

その祖父が他界し、山荘を切り盛りしていた祖母も亡くなった後は、ひとり息子だった女将の父親が跡を継いだ。父親は京都で染色を学んでいた男で、いずれは染師として独立し、京都に住むことになっていた。だが、山荘を継ぐ人間がいなくなることに心をいため、夢を捨ててこの地に戻ったのだった。

　父親は、祖父ほどワインに関心を抱いてはおらず、地下のワインセラーもそのうち、活用されなくなってしまった。だが、地下空間そのものは初めから好みに合ったようで、壁にとりつけてある明かりを輸入ものの美しい照明に替えたり、床に薄手の絨毯を敷いたり、持ち込んだデスクの上で書き物をしたりし、時には客人を招いて、蠟燭の明かりのもと、いっぷう変わった酒宴を開いたりしていた、という。

「で、そのワインセラーというか、地下空間なんですが」と女将は言い、ごくりと唾を飲んだ。心なし、青白くなった顔からふいに、あらゆる表情が消え失せた。

　女将は正面から滝田を見つめ、「そこに」と妙にゆっくりした口調で言った。「……幽霊、が出るのです。昔からずっと、同じ幽霊が。私はできるだけ中に入らないようにしていますが、今現在も物置として使っている以上、たまにはものを探すために入らざるを得ません。未だにあの幽霊に悩まされているのです」

「どんな幽霊なんです？」と滝田はごく儀礼的に訊ねた。「おじいさんの代のころ、そこで誰かが亡くなったとか、旧い人骨が出たとか、何か曰くつきの場所なんですか」

「そういったことは何もありません。そのはずです。私は少なくとも何も聞いておりませんが。でも、出るのです。背の高い、痩せた男の幽霊と、八歳くらいの少年の幽霊が。二人とも、いつも煤けたみたいな薄茶色の、古めかしい単衣の着物を着ていて、地下に入った者の脇をすうっと通りすぎていくそうでして……」

滝田が何か言おうとして口を開きかけると、女将はぶるっと震えながら、自分の両腕をさすった。「いやだわ、私。こんなお話していたら、怖くなってきました」

「女将さんはご覧になったことはないんですね」

「はい。ですが、従業員たちは何人も見てます。今も、です。さっきの里美という女の子は、最近、うちに来たばかりだから、何も知らないんですが、調理場の旧い人間はほとんど、見たことがあるそうです」

「じゃあ、代々、ここの方は見てきた、と」

「そうです。かつては今より規模が大きかったですから、従業員の数も多くて、みんなひそひそと陰で話題にしてたみたいで。母は父が京都で見そめて連れてきた人なんですが、ものすごく怖がって、あんな気味の悪い地下室はすぐに取り壊してもらおう、って言ってました。でも、あそこだけ壊すとなると、建物自体が傾いてしまう可能性があるので、それはできない、って父が猛反対。設計士の方にも相談したんですが、やっぱり地下だけを取り壊すのは無理があるみたいで。私も子どものころ、従業員から、よく幽霊の話を聞かされました。怖くて眠れなくなって、そのたびに母の寝床にもぐりこんでいったものです」

「子どもを怖がらせて、大人が面白がっていただけなんでしょう」

「いいえ」と女将はきっぱりと首を横に振った。「みんな、本気でした」

「お父さんはどうだったんです。幽霊が出ると知っていても、平気でその地下を愛用なさってたんですか」

「平気どころか、幽霊に興味を持っていたみたいですね。父には染めの心得があったので、染めものに関しては、いつも興味津々でした。ですので、その幽霊たちが着ていた、薄茶色の古びた布に興味を持ってしまって。古いけど、あれは絶対に草木染めだ、渋くてとても美しいものだ、って言い張ってました。それで自分も草木染めで同じものを再現してみたくなった、なんて申しまして。なんですか、柿渋を使った染料で糸を染めるところから始めて、ずいぶん時間をかけていましたが、ついに幽霊がまとってた着物とそっくりの布を染め上げちゃったんです。悪趣味だと思われるでしょう？　父にはそういう粋狂なところがありました。なぜここにいるのか、いつの時代の者たちなのか、訊いてみたい、って。そのために、同じ草木染めの布を作って見せてやって、現代でも同じものを染めあげることができるということを知らしめてやるんだ、って申しまして」

「で、幽霊が着ているのと同じような染めものを作った？」そう聞き返し、滝田はくすりと笑った。粋狂など、とんでもない。粋狂を通り越した変人だ、完全に頭がイカれている、と思ったが、さすがに口には出さなかった。

女将はうなずいてから続けた。「それで、その、自分で作った、さも古めかしく見える布を手にして、父が中に入っていきましたら、すぐに二人の幽霊が現れたそうです。父が幽霊たちと、どんな会話を交わしたのかは知りません。どうしてなのかはわかりませんが、絶対に教えてくれなかったんです。私にも母にも誰にも。でも、父は、変なことを言ってたんですよ。どうやら、浴衣があの幽霊たちを呼び寄せるみたいだ、って」

「ということはつまり、お父さんはその時、浴衣を着てらした、っていうことですか」

「ええ。父はお風呂あがりだけではなくて、ふだんから接客時以外に、浴衣を着る習慣がありました。でも、そんなものに反応するなんて、どういうわけでしょう。江戸時代か何かに、このあたりで死んだ農民か何かの幽霊なんでしょうか。でも、どうしてうちの地下に棲み着いたりするのかしら。わけがわかりません。……ああ、ごめんなさい、こんな話、馬鹿みたいだとお思いでしょうね。でも、本当なんです」

「彼らが何者で、ここで何があったのかは見当もつきませんが」と滝田は言い、生あくびをかみころした。酒の酔いも手伝って、睡魔に襲われていた。「それにしても、おかしな幽霊たちですねえ。単衣の着物を着ている、ってことは、武士とか僧侶とか、地位の高い人間ではないようですが、それにしてもね。わかりませんね」

女将は独り言のように続けた。「父も母もすでに他界しました。兄弟姉妹もおりません。一人だけ残った私は結婚もせず、独身のままこの年になってしまいましたけど、それでも精一杯、この山荘を維持していこう、お客様に喜んでいただこう、と努力してきました。本当に喜んでいただくためには、女将である私が明るく元気でいなくてはなりません。ですので、今もあの地下に入らざるを得なくなった時は、決して浴衣は着ないようにしています。それどころか、和服を着て行くのもいやで……」

言葉がとぎれた。深くうなずくふりをしたとたん、急に強い睡魔に抗えなくなり、座椅子に座ったまま、滝田は船を漕ぎ出した。

久保美鈴が、興奮した様子で滝田に電話をかけてきたのは、その四日後だった。

「滝田さん、感謝感謝です。ありがとうございます。さっき、赤間山荘に電話して、おそるおそる取材の申し込みをしてみました。そうしたら、女将さんはすごく迷っておられたんですけど、さすが、滝田さんの威力ですよね。滝田様のご紹介でしたら、お目にかかります、って言ってくれたんですよ！　しぶしぶ、って感じではありましたが、でも、引き受けてくれたのは事実だから、気が変わらないうちにと思って、私、明日、早速行ってきます！」

「よかったな」と滝田は言った。「誰と行くんだ。他のディレクターを誘って？」

「とんでもない。この件は私が独り占めしたいから、私一人で行きますよ。一応、カメラの人間は連れて行きますけどね。でも、下見のための撮影許可すらいただけない可能性もあるので、まずは私がこの目で見て、もっと詳しい話を聞いてきます。女将さんを説得するのは、その後です」

「浴衣、着ていけばいいよ。浴衣を着ていくと、必ず出るそうだからさ」

あははは、と美鈴は豪快に笑った。「そうしたいところですけど、さすがに浴衣じゃ、仕事になりませんから。ほんと、滝田さん、ありがとうございました！　もしこれがうまく運んだら、今年の特集の目玉になるのは間違いないです。撮影当日、現地に行かせるタレントも、今からあたりをつけてるところです。いずれにしても、また、経過報告しますね」

「帰りに、うまい甲州ワインでも買って来てほしいもんだな」

「言われなくても、そのつもりでいますよ！」

いつもと寸分違わぬ元気さだった。風邪をひきかけているとか、具合が悪いのを我慢しているとか、そういった様子はまったくなかった。そのせいもあってか、翌々日、事前の連絡も何もなしに、美鈴がふいにオフィスを訪ねて来た時、彼は少なからず驚いた。美鈴は決して、アポなしで、自分の都合だけで人のテリトリーを侵してくるような人間ではなかった。

美鈴はくたびれたような色あせたポロシャツに、薄汚れて見えるチノパンツ姿だった。顔色も悪く、ひどく疲れているように見えた。

手には甲州ワインが入れられた細長い紙袋を提げていた。それを「おみやげです」と言って差し出すと、美鈴は「不発に終わりました」と力なく笑った。「赤間山荘の女将さんを説き伏せることかなわず、でした。仕方ありません。諦めます」

「まあ、いいから座りなさい」と滝田はソファーを勧めた。

オフィスの一角に、簡単な打ち合わせができるコーナーを作ってある。パーティションで仕切っただけの狭い空間だが、ふいの来客や気のおけない知り合いと話す際には便利だった。

美鈴から受け取った甲州ワインをテーブルの上に載せると、滝田は美鈴の正面に腰をおろし、煙草をくわえた。エアコンを入れるような季節ではなかったが、室内は少し、むし暑く感じられた。そのせいなのか、美鈴は額の際あたりに汗をかいていた。

滝田は煙を深々と吸い、「そうか。だめだったか」と言った。「宿の名前を明かさなくても、このご時世だからね。どこにある、どの山荘か、なんてことはすぐにわかってしまうだろうし、そうなったら客足が遠のくのは目に見えてるから、こういうのは難しかったかもしれないな」

「やろうと思えば、絶対に特定されないやり方はいくらでもあるんです。でも、はっきり断ってもらって、かえってよかったかもしれません」と美鈴は言った。声が少し裏返っていた。「地下には入らせてもらうことができたんですけど、ほんと、すごくいやなところでしたから」

「いや、って？」

美鈴は、やや上目遣いに滝田を見た。「うまく言えません。二度と行きたくないし、思い出すのもいやです。行かなきゃよかったと思ってます」

「ほう」と滝田は身を乗り出した。わざと快活に笑ってみせた。美鈴がこれほど、感情をあらわにするのは初めて見た。可愛いところもあるじゃないか、と思った。

「無理やり思い出させて悪いんだけどさ、紹介したのは僕なんだから、一応、どんな情況だったのか、詳しく教えてもらいたいね。その地下には、どこから入るようになってたんだ？」

「一階の調理場の脇に、出入りのためのドアがあるんです。ふだんは鍵をかけていて、その鍵は、今は女将さんしか持ってないみたいですけど」

「女将やカメラマンも一緒に中に入ったのか？」

「女将さんは入るのはいやだ、っておっしゃって、ドアの外で待ってました。カメラマンは中に入らないよう、きつく言われてたので」

「じゃあ、久保が一人で入ったわけだな」

「そうです」

「で、中は？　どんな感じだった？」

「ドアを開けるとすぐに、急な長い階段があって、下りきったところに、鰻の寝床に似た細長い通路が伸びてるんです。もっと狭苦しいところかと思ってたんですけど、天井もけっこう高かったので、意外でした。昔はそこに棚を並べて、ワインボトルを寝かせてたらしいんですが、今は完全に物置になってました。照明はありましたけど、薄暗くて、黴くさいような感じがして。突き当たりまでは、五十メートルくらいあったんじゃないかな」

「そんなに？」

「空間っていうよりも、ほんと、細長い地下道、って感じ。ああ、ほんと、いやなところでした」

「おいおい」と滝田はからかった。「たかが先代からの言い伝えみたいな話じゃないか。子どもだましもいいところだ」

「でも、滝田さん、布があったんですよ」

「布？」

「ええ。昔、女将さんのお父さんが染めたっていう布。滝田さんが女将さんからお聞きになった通りのものだと思います。一メートル四方くらいの大きさの四角いもので、旧くて、縁のところなんかがぼろぼろになって、変色してましたけど、それがそのまんま、地下道の壁に、錆びた画鋲で留めてあったんです。すっごく怖かった。見るのもいやでした」

「そんなに怖がることか？　女将のお父さんが壁に貼っといたのが、そのまま残ってるだけだろうが」

美鈴は大きく息を吸い、深いため息をついた。「地下から出た後、女将さんに訊いたんです。壁に画鋲で留めてあったのは、お父様が染めて作った布ですよね、かなり旧くなって変色しちゃってますね、って。そしたら、女将さんは顔色を変えて、そんなもの、壁に留めた覚えはありません、って」

「ふうん」と滝田は言い、ガラスの灰皿で煙草をもみ消した。

美鈴までが心霊現象とやらを信じている様子なのが、どことなく気にくわなかった。何が起ころうが毅然としていられる人間ではなかったのか。

「それにしてもなぁ」と彼はのどかな口調を意識して言った。「なんだか、下見して来ただけで心霊番組が一本できそうな勢いじゃないか。それはそれで収穫あり、ってことだよ」

それには応えず、「ともかく」と美鈴は言い、顔をあげた。無理して作ったような笑顔のあちこちに、玉のような汗が見てとれた。「そういうわけです。滝田さんには今回もまたお世話になったというのに、いいご報告ができなくて、申し訳ありません」

「どうした」と滝田は訊ねた。「すごい汗じゃないか」

美鈴は指先で額の汗を拭うと、「大丈夫です」と言い、ソファーから立ち上がった。「じゃ、滝田さん。私は今日はこれで失礼します。また、ご連絡します」

帰って行く美鈴の後ろ姿を見送りながら、滝田はふと、いやなものを見たように思った。それは二月に、最後に桂木と会った時に感じたもの……死相に似た何かのようでもあった。

彼は束の間、彼らしくもない居心地の悪さを覚え、再びせかせかと煙草をくわえた。

それから一ヵ月ほどたち、梅雨の季節に入った。

その後、どうなったのか、知りたくもあって、滝田は二度ほど、美鈴のスマートフォンに電話をかけた。留守電になっていたが、メッセージは入れなかった。履歴が残るので、後で必ず電話してくると思っていたが、二度ともかかってこなかった。気にはなったものの、滝田も仕事に追われ、そのうち忘れた。

テレビ局には、美鈴と共通の知り合いは星の数ほどいる。廊下ですれ違った時の気軽な立ち話などで久保美鈴は元気でいるのか、と訊ねることもできたが、独立してしまうと、そうもいかなかった。

六月の、肌にまとわりつくような霧雨が降りしきっている日の夕暮れどき。滝田は、たまたまスタッフが出払って誰もいなくなったオフィスで、美鈴のスマートフォンに電話をかけてみた。コール音はしたが、まもなく留守番電話に切り替わってしまった。メッセージは吹き込まなかった。気づけば間違いなくかけ直してくれるはずなのに、かかってこない、というのは妙だった。番号を替え、そのことを知らせるのを失念しているのか。それとも携帯のつながらないところにいるのか。

仕事に戻ろうとして、彼はふと、美鈴と共通の知り合いでもある、フリーカメラマンがいたことを思い出した。

滝田よりも少し年上で、かつて何度か一緒に仕事をしたことがある。数年前、視聴率をとれることで有名な、例の夏の心霊特集番組を担当した、という話を聞いたこともあった。もしかすると、今回も局からオファーがあったかもしれない。

連日、全国を駆けずりまわっている男だったので、留守電になっているだろうと思ったが、思いがけず一度でつながった。地下鉄の駅構内かどこかにいたようで、あたりの騒音がすさまじかった。

滝田は挨拶もそこそこに、すぐに美鈴の話題を切り出した。最近、連絡がとれてないんだが、元気でいるのかな、と軽い調子を装って訊ねると、相手は「美鈴ちゃんですよね」と言った。「なんかずっと元気がなくて、体調悪そうだった、っていう話は聞いてます。八月の心霊特集で、僕も使ってもらえることになったんで、美鈴ちゃんに会えると思ってたのに、まだ一度も会ってないんですよ。どうしたんですかね」

「入院したとか、っていう話は聞いてない？」

「聞いてませんねえ」

「出社してるのかな」

「さあ、よくわかりませんけど、今度誰かに訊いてみましょうか」

埒(らち)が明かなかったので、滝田は礼を言い、もし美鈴に会ったら僕に連絡するよう伝えてほしい、とだけ頼んで通話を終えた。

他にも二、三、かつての仕事関係者に連絡をとってみた。いずれも美鈴と個人的に親しいわけではなく、連日、自分の仕事に追われているだけで、一介の女性ディレクターが今どうしているのか、知る者はいなかった。

妙に気になり、立て続けに美鈴にメールを送り、電話もかけてみたが、相変わらず何の応答もなかった。美鈴が住んでいるのが、高田馬場(たかだのばば)あたりのマンションであることは知っている。だが、住所はおろか、連絡先も知らなかった。

考えすぎかもしれない、という気持ちと、いや、やっぱり何か変だ、という、妙な第六感めいたものとが混在していた。滝田は、この忙しい時に、おれはいったい何をしているのだろう、と思いつつも、赤間山荘に電話をかけてみることにした。

以前、会った時と何ひとつ変わらない明るい声で電話口に出てきた女将は、滝田が名乗ると、「あら」と言って、ふいに声を落とした。それまで明るかった空に黒雲が垂れ込め、あたりの風景が一瞬にして影の中ににじんだ時のような感じがした。「滝田様。先日はどうも……」

「いや、こちらこそ。あの後、久保という女性ディレクターがそちらに伺ったそうで、今日はそのことでちょっと……」

「撮影、お断りしてしまったのですが、申し訳ないことをした、と今も思っています。せっかくの滝田様からのご紹介でしたのに」

「いえいえ、勝手にああいう番組を作ろうとしてる人間にあの話を教えてしまって、女将さんはさぞかし、不快な思いをしているだろう、とそれが気になってました。あらかじめ許可をとるべきでした。お詫びします」

「いえいえ、そんな……」

「で、その久保という女性なんですが」と滝田は言い、軽く咳払いした。自分がこれから話そうとしていることが、いかに現実離れしたものか、充分承知していながら、自身がすでにそれにとらわれ、不安すら覚え始めていることを感じた。「その後、そちらに何か連絡がありましたか」

「久保様から、ですか？　いいえ、何も」と女将は言った。きっぱりとした言い方だった。「あの後、連絡は何もいただいておりませんが」

「そうですか。なら、いいんです。お忙しいところ、申し訳ない」

「何かございましたか」

「いや、ただ、久保がね、おたくの地下に入らせていただいた後、なんて言うのか、かなり怖がっていたもんで、女将さんから撮影を断られたというのに、その後、僕に黙って女将さんにしつこく連絡して、ご迷惑をおかけしてるんじゃないか、なんてね、ちょっと心配になったもんですから。彼女、自分が理想とする番組を作るためには、突っ走って何でもやってしまうようなところがあるもんで」

嘘がすらすらと口からこぼれ落ちてきた。滝田はこめかみのあたりに冷たい汗がにじんでくるのを感じた。

「いいえ、そんなこと」と女将はやんわりとした言い方で言ったが、声には翳（かげ）りがあった。「とにかく、ご連絡はあれから一度もいただいておりません」

「ならよかった」と滝田は、白々しくも晴れやかな声で言った。「また、泊まらせていただきに行きますよ。うちのオフィスの連中も誘って賑やかに」

「ありがとうございます」と女将が儀礼的に礼を言ったのをしおに、滝田は電話を切った。

雨は強まったり、弱まったりしながら、その晩、いつまでも降り続いた。滝田はどことなく、うそ寒いような気分を抱えたまま、珍しく早めに自宅に戻った。

美鈴のことであちこち電話をしたり、ぼんやり考え事をしたりしていたせいもあって、片づけねばならない仕事が大量に残ってしまった。十月からスタートの、深夜のトーク番組の構成が、まだ完成していない。司会者に抜擢された男優と親しくしていることもあり、仕されて気をよくしたのはいいが、桂木の通夜に行って以来、どうも調子が狂い、何度も書き直して、かえって混乱する始末だった。

オフィスで仕事を続けていてもよかったのだが、雨の晩、人のいなくなった雑居ビルに居残るのが急にいやになった。かつて、そんなふうに感じたことなど一度もなかったのに、妙なことだ、と滝田は思った。かなり疲れがたまっているのかもしれなかった。

美鈴が元気でいたら、こんな晩は強引に呼び出して、どこかで軽く飲みながら、あれこれ局の人間の噂話をし合ったり、いたずらに視聴率の高い番組の低俗性について語ったり、美鈴が手がけている番組のアイデアを出してやる代わりに、女性視点での意見を聞いたりできるのに、と思った。美鈴の不在は、得体の知れない不安をかきたてたが、それ以上に、思いがけず彼を孤独にさせてもいた。

オフィスを出るまぎわ、滝田はもう一度、美鈴に短いメールを送った。

『どうしているのか心配しています。連絡ください。滝田』

その日、四度めのメールだった。送ってから数分、待ってみたが、相変わらず返信はなかった。

自分が何を心配しているのか、何を不安がっているのか、滝田はわからなくなった。ただ単に、美鈴がスマートフォンをどこかに忘れてくるか何かして、連絡がとれなくなっているだけなのかもしれない。風呂場で居眠りし、スマートフォンを湯の中に落としてしまったのかもしれない。連絡がとれない、というだけで、病気や行き倒れ、突然死、精神の不安定など、様々な悲劇的事態を想像するのは間違いだ、と彼は自分に言い聞かせた。

そんな滝田が夜遅い時間、自宅でシャワーを浴び、冷蔵庫から冷えた缶チューハイを取り出した時だった。ダイニングテーブルの上に放り出しておいたスマートフォンが、メール着信を伝えた。

彼はすぐに飛びついた。待ち望んでいた美鈴からの返信だった。

『ご連絡せずにいて、ごめんなさい。これからお宅に伺ってもいいですか？　久保美鈴』

　かつて、美鈴は一度だけ、滝田の自宅にやって来たことがある。ロケでハワイに行き、滝田にみやげとして、マカダミアナッツのチョコレートの大きな箱を買ってきた時のことだった。たまたま近くを通るので、よければお届けします、というメールをあらかじめ寄越してから、立ち寄ったのだった。

　日曜の晩のことで、ちょうどつきあいのゴルフから帰ったばかりだった滝田は、疲れていた。あがってコーヒーでも、と形ばかり誘ったのだが、美鈴は初めからそのつもりなどなかったようで、玄関先でみやげを渡すなり、帰って行った。

　何年前のことだったか、よく思い出せない。その時の、よく日焼けした元気な美鈴の姿を甦らせながら、滝田はふと怪訝に思った。送ったメールに返信もできないような状態だったのは確かなのに、雨の日のこんな夜更け、わざわざうちまでやって来る必要があるのだろうか、と。それよりも何よりも、なぜ今夜、おれが自宅にいる、ということを知っているのか。

　だが、美鈴がかろうじて無事らしいことがわかり、ほっとした。滝田は多くを考えまいとし、『待っています』とだけ返信した。

缶チューハイをひと口飲み、Tシャツをかぶって、ジャージーパンツに足を入れた。濡れた髪の毛を乾かそうと、バスルームに行こうとした時、早くも部屋のインターホンが鳴った。

すぐ近くにいたのだろうか、と彼は訝しく思った。いくらなんでも早すぎた。マンションのすぐ近くにいなければ、メールの後、これほど早く到着することはできまい。

タオルで髪の毛を乱暴に拭きつつ、彼は壁のインターホンに走った。通話ボタンを押し、「はい」と言った。

前の年の暮れ、最新型のインターホンに取り替えた。モニター画面も大きくなり、細部がよく見えるようになった。

画面には、カメラに向かって立つ美鈴が映っていた。正面を向いていた。その両肩から、何か煤黒くて細長いものが、だらりと下がっていることに気づき、滝田は思わず息をのんだ。

それはどう見ても、古めかしい着物の袖から突き出している、人間の腕にしか見えなかった。袖は汚れた茶渋のような色だった。

「滝田さん」と言う美鈴の声が聞こえた。

泣きそうな声だった。「見えますか？　そこに映ってますか？　きっと映ってますよね？」

「おい」と滝田はふりしぼるような声を出した。喉が詰まりそうだった。「いったいそれは……」

「私……どうすればいいのでしょう」

美鈴は、インターホンのカメラを意識しながら、途方もなく重たいものを背負っているかのように、前かがみになってゆっくりと横を向いた。

モニター画面に映った美鈴の背中に、この世のものならぬ痩せた男、さらにその男の背に、幼い男の子がおぶわれているのが見えた。

煙のように実体のない、それでいて扁平な身体つきをした二体の異形のものが、美鈴の背にしっかりとまとわりついているのだった。二人ともうつむいているので、顔は見えなかった。短髪なのか、坊主なのかも、定かではなかったが、少なくとも髷を結っているようには見えない、と思った瞬間、滝田は冷水を浴びたようになった。

「私、どうすれば……」と言いながら、美鈴は横を向いたまま泣き出した。誰もいないマンションのエントランスホールに、美鈴の泣き声が響きわたった。「滝田さん、助けてください。お願いします。これから、お部屋に行かせていただきます」

「いや、それは……」と彼は言い、「いけないっ！」と大声をあげた。

慌ててインターホンを切ろうとした。だが、全身が震えていたせいなのか、あるいは異形のものの力がそうさせたのか、気がつくと彼の指は「終了」ではなく、「解錠」

ボタンを押していた。

何も映らなくなった黒いモニター画面を前にしたまま、滝田は呆然と立ち尽くした。

玄関ドアを出てすぐ正面にあるエレベーターが、ごとん、という音をたてて動き出した……。

（角川ホラー文庫『異形のものたち』に収録）

バースデー・プレゼント

綾辻 行人

＊

〈……誕　　め　う。二十　の　日だね。　れ、　か　プ　　ト。す
開　てみ　……〉

心の中に、虫喰(むしく)いだらけの言葉が並んでいる。空白を埋める文字を探し出そうとするのだけれど、簡単そうに見えてなかなかうまくいかない。

〈……　生　お　とう。　　歳　生　ね。こ　、僕　らの　　ント。　　に
けて　て……〉

言葉が問題なのではないのかもしれない。虫に喰い荒らされているのは、このわたしの意識自体なのかもしれない。だからこんな――こんな……。

……かぁん、かぁん、かぁん

先ほどから甲高く、けれども淡々と続いている――これは？

かぁん、かぁん、かぁん……

言葉ではない。これは音だ。

ああ、何て耳ざわりな音だろう。鼓膜を突き抜け、内耳のさらに奥、脳の表面にちょくせつ爪を立てて引っ掻(か)くような。

かぁん、かぁん、かぁん、かぁん……

鳴りつづけるその音に覆いかぶさるようにして、やがて、

……ご……ごご……

近づいてくる別の音。

ごごごごごおおおおお……！

膨れ上がる轟音(ごうおん)とともに、冷たい突風がわたしの痩(や)せた頬(ほお)を殴りつける。わたしの長い髪を吹き散らす。

はっとわれに返った——まさにそんな心地で、そしてわたしは、細かい瞬(まばた)きを繰り返すのだった。

ごごごおおおぉぉぉ……

目の前を、電車が駆け抜けていく。

かぁん、かぁん、かぁん……という、これは踏切の警報機の音。両眼を交互に赤く点滅させながら、甲高い声で規則正しく叫びつづける。

轟音とともに海老茶色(えびちゃいろ)の列車が通り過ぎていったあと、踏切の向こうに現われる街

並みにふと、わたしは違和感を覚える。同じ風景のはずなのに、どこかしらさっきまでとは違って見えるのはどうしてだろう。

風景そのものが問題なのではなく、この不連続感の原因もまた、虫に喰い荒らされたようなこのわたしの意識のほうにあるのかもしれない。そう思いながら、わたしはさらに瞬きを繰り返す。

かぁん、かぁん、かぁん……と依然、警報機は叫びつづける。黄色と黒の縞模様に塗られた遮断機が、頼りなく揺れながら行く手を阻む。

まだ、来るのか。

わらわらと込み上げてくる苛立ちを抑えつつ、両手を頬に当てる。——冷たい。何て冷たい。

今年の冬は暖冬ですと、秋の中頃には天気予報で告げていたのに。

何が暖冬なものか。

十二月の初めに、例年より一ヵ月は早くこの街に雪が降り、積もったのだ。毎朝の寒さは、南国で生まれ育ったわたしにとってそれこそ身を切るほどの厳しさで、一時限めの講義に出るため早起きをしなければならない時などは、最愛の恋人をすら（……最愛の、恋人？）呪いたい気分になる。

〈……誕　日　でぅ。　十　の誕　　だね。これ、　か　　ゼン　。　ぐ

開け　み　……〉

心の中に並んだ虫喰いだらけの言葉。——ああ、そうだ。これはわたしの恋人の台詞。ゆうべ見た夢の中で、彼——行雄さんがわたしに向かって云った、あの。

ゆうべ見た夢……そう、夢だ。言葉の空白をうまく埋められないのも、だから当然のことではないか。

二台めの電車が、さっきとは逆方向からやって来る。ぼんやりと焦点の定まらないわたしの目には、海老茶色のつむじ風が左から右へと吹き過ぎていったように見える。轟音が遠ざかり、警報機の叫びが止まり、ようやく遮断機が上がった。

冷えた両手をこすりあわせながら、わたしは足を踏み出す。

……ゆうべの夢。

はっきりとは思い出せないけれど、何だかひどく嫌な夢だったような気がする。ひどく嫌な夢。ひどく恐ろしい夢。夢を見たことそのものを忘れてしまいたいような。

〈……生日お　でう。　歳　誕生　だ　。、僕か　プ　ゼン　。すぐけてみて……〉

〈……　うしてなの、　さん。どう　てわた　に　なことをさせ　の。　たしはなたの　とが　なに好　なのに。こん　にあな　を　て　る　に……〉

天を仰ぐと、一面が重く暗い灰色の雲で覆い尽くされている。汚れたコンクリートの壁のような空が、一歩進むごとにゆっくりと下降してくる錯覚に囚われる。――悪意に満ち満ちた、巨大なからくり仕掛け。

ところでさて、わたしはこれからどこへ行こうとしているのだろう。

踏切を渡りながら、虫喰いだらけの頭の中で考える。

これからわたしは……。

それほど思い悩む必要もなく、答えは出てくる。

十二月二十四日――クリスマス・イヴの今日、大学でわたしが所属している文芸サークルのクリスマス・パーティ兼忘年会が開かれる。S＊＊通り沿いにある《J》というパーティ・ルームを借り切って行なわれるその宴に、わたしも出席することになっているのだった。

ぜひ来てくださいね、という幹事の呼びかけに、べつに他の予定もなかったので頷いたことが、今さらのように後悔される。

いつだって、わたしはこうなのだ。そもそもコンパだのパーティだのといった集まりがあまり好きではないのに――なのに、誘われるとつい、断わる特別な理由がない限り頷いてしまう。

人がたくさん集まって場の雰囲気が盛り上がれば盛り上がるほど、その中にいる自分が孤独に思える。雰囲気に合わせて笑顔をふりまくかたわら、ことさらのように他人の、そして自分の嫌なところばかりが見えてきて胸が苦しくなる。心の置き場がなくなってしまう。――きっとこれは、誰しもが多かれ少なかれ経験する感覚なのだろうけれど。

故郷を離れ、この街に出てきて独り暮らしを始めたのが今年の春。それが何だか、遥(はる)か遠い昔のことのように感じられる。

去年のクリスマスには、どこでどうしていたっけ。

女だてらに、と田舎の親戚(しんせき)たちからは白い目で見られつつ一年間、浪人していた。去年の今頃――去年の今日は、そうだ、受験参考書ばかりが目立つ寒い部屋で独り十九歳の誕生日を祝った。十二月二十四日――クリスマス・イヴのこの日は、わたしが生まれた日でもあるのだ。

〈……誕　おめ　う。二　の誕生　だね。　れ、　からの　レ　ン　。す　に開けて　て……〉

ゆうべの夢の中での、行雄さんの言葉。彼はそう云って、赤いリボンのかかった平べったい包みをわたしに差し出した。わたしは大喜びでそれを受け取り、彼が見ている前でリボンをほどいていった。そして……。

〈……さあ。　れで僕　して　れ。そのナ　で、今す　に……〉

踏切を渡ると、小さな商店街に入る。

買い物客のざわめきと行き交う車の騒音に交じって、どこかの店の中から「ジングル・ベル」が聞こえてくる。

わたしにとってそれは、子供の頃からつきまとって離れることのない、お決まりの〝バースデー・ソング〟だった。

＊＊

パーティが始まるのは午後五時半。会場の《J》は、わたしが住むアパートから歩いて二十分ほどの場所にある。今いるこの商店街からだと十五分もかからないだろう。

時刻は午後四時前だった。まだだいぶ時間があるが、低い曇り空の下、街にはもう薄闇が漂いはじめている。

そう云えば、今日のパーティでは余興のひとつとして「プレゼント交換」が行なわれるという話だった。持ち寄ったプレゼントを参加者同士で無作為に交換するという、子供の頃からおなじみの例のお遊びだ。

そのための品物を、わたしはまだ用意していなかった。今からどこかで、適当なものを探さなければならない。

何を買っていこうか。どうせなら思いきり奇妙なものを……などと考えながら歩くうちに、ある店の前でふと足を止めた。

《タカナカ刃物店》

白塗りの看板に、くすんだ赤い文字でそう記されている。何十年も前からここにあるのだろうなという感じの、古びた店の佇まい。

これまでにも幾度となく、同じようにここで足を止めたことがある。それは、この店の飾り窓の中にちょっと気になる品が並んでいたからだった。

美しい細身のナイフ。――ペティ・ナイフという呼び名に対してわたしが持っているイメージとまさにぴったり一致する大きさで、その金色の柄には、複雑に絡み合う三匹の蛇を象った細工が施されている。

汚れた木枠で囲まれた小さな窓の向こう、ありふれた刃物類の中にひと振り、それがまぎれこむようにして置かれていた。こんなうらぶれた商店ではなく、たとえば洒落たアンティークショップのショーウィンドウにでも飾ったほうがふさわしいと思えるような、とてもきれいな、素敵な品。実際のところどれほどの価値があるものなのかは知らないけれど、少なくともわたしの目にはそんなふうに映った。

何気なくこの飾り窓を覗き込んでそのナイフを見つけた、あれは二ヵ月ほど前だっただろうか。以来わたしは、この道を通るたび、必ずと云っていいほどここで立ち止まるようになった。

いつだったか、行雄さんと一緒に歩いていてこの前を通りかかったこともある。飾り窓に近づき、そこに置かれたナイフの硬質な光にうっとりと目を細めるわたしを見て、彼は不思議そうに首を傾げていた。

「きれいなナイフでしょ。ね？」

わたしがそう云うと、彼は額に落ちた前髪を掻き上げながら曖昧に頷いた。

「いくらくらいするものなのかなぁ」

「欲しいのかい？」

と、彼はまた首を傾げて訊いた。わたしはガラスの向こうに視線を投げたまま、小さくかぶりを振った。

「べつに。ただ、ほんとにきれいなナイフだなって」

「——そうだね」

店が繁盛している様子はまるでなかった。いつ覗いてみてもそのナイフは同じ位置にあって、同じ硬質な光でわたしの目を刺した。

ところが、今——。

いつものように飾り窓を覗き込んでみて、わたしは「あっ」と声を洩らした。

あのナイフが、ない。なくなっている。

売れてしまった。そういうことなのだろうか。

〈……誕　日　めでと　。二　歳　　日だね。こ　、僕から　プ　ント。すぐ開け　み　……〉

ゆうべ見た夢の中で……。

〈……さあ。　れ　を刺　てお　れ。　の　イフ　、今　ぐに……〉

言葉は相変わらず虫喰いだらけ。――壁に立てかけたジグソーパズル。いくら手で押さえても、指の間からぽろぽろと剝がれ落ちる破片。

わたしは軽い眩暈に襲われ、ぐらりと足をもつれさせた。

ああ、何だろう。ゆうべの夢……あの夢はいったい何だったんだろう。

崩れた身体のバランスを取り戻すまでに、何歩か横へ移動していた。のろのろと頭を振りながら目を上げると、ちょうど店の入口の前だった。

薄暗い店内に、客の姿はない。ただ一人、奥のカウンターの向こうに小柄な少年が立っていた。

少年は無表情にこちらを見つめている。色の白い、きれいな面立ちだった。年齢はまだ十歳くらいだろうか。店番にしてはあまりにも幼すぎるようだけれど。

こちらを見つめる少年の目がすっと細くなり、薄い唇の片方の端がゆっくりと吊り上がった。ぞっとするような、美しい笑顔。

おもむろに少年は、それまでカウンターの上に置いていた右手を顔の高さまで持ち上げる。その手には、大振りな肉切り包丁が握られていた。銀色の刃が光を反射して、わたしの目を眩(くら)ませた。わたしは思わず瞼(まぶた)を閉じ、ぐらりとまた足をもつれさせる。

　とたん——。

　ぴきっ、と音がして、わたしの心の中で変化が起こった。

　押さえても押さえても剝がれ落ちてきたパズルの破片。それが、まるで磁石に引き寄せられるようにして、ぴったりとあるべき位置に収まる。

〈……誕生日おめでとう。二十歳(はたち)の誕生日だね〉

　わたしの二十歳の誕生日の夜（……今夜じゃないか）、わたしの部屋を訪れてきた行雄さん。

〈これ、僕からのプレゼント。すぐに開けてみて……〉

　そう云って彼は、赤いリボンのかかった平べったい包みをわたしに差し出す。わたしは大喜びでそれを受け取り、彼が見ている前でリボンをほどいていく。そして——。

　そして、包みの中から出てきたもの。それはそう、タカナカ刃物店の飾り窓の中に並んでいた、あの素敵なペティ・ナイフ。

〈……さあ〉

　わたしの反応を楽しむように目をすがめ、行雄さんは云う。

〈それで僕を刺しておくれ。そのナイフで、今すぐに……〉

金色の蛇が複雑に絡み合ったナイフの柄を、わたしは握りしめる。行雄さんの手がわたしの手首を掴む。そうして彼は強引に、鋭いナイフの切っ先を自分の喉許へと持っていくのだった。

〈さあ、早く〉

と、行雄さんは云う。

〈どうして〉

わたしは戸惑い、怯え、問いかける。

〈どうしてそんなこと……〉

〈分かってるだろう〉

行雄さんは薄く笑う。

〈それはね、君がそうすることを望んでいるからだよ〉

〈そんな、わたし……〉

〈今さら何をためらう必要がある〉

〈わたし……わたしは……〉

やがてナイフが、彼の喉に突き刺さる。思ったよりも柔らかな感触。生温かい真っ赤な液体が、わたしの顔に噴きかかる。

〈……どうしてなの、行雄さん〉

血まみれになった彼。虚ろに見開かれたその目を覗き込んで、わたしは問いかける。

〈どうしてわたしにこんなことをさせるの〉

問いかけながら、それでもわたしは彼を刺しつづける。

〈わたしはあなたのことがこんなに好きなのに。こんなにあなたを愛しているのに

……〉

泣きながら、それでもわたしは彼を刺しつづける。狂ったように刺しつづける。そしてさらに……。

……十二月二十四日、わたしの二十歳の誕生日の夜。

これが、ゆうべ見たわたしの夢。

何てひどい夢だろう。何て嫌な、恐ろしい夢だろう。

目を瞑ったまま、わたしは知らず深い溜息をついていた。

道を行く人々のざわめきが聞こえる。かすかに「ジングル・ベル」の軽やかなメロディが聞こえてくる。——今日は十二月二十四日、クリスマス・イヴ。二十年前にわたしが生まれた日。

今夜、パーティが終わってわたしが部屋に帰る頃には、行雄さんがまた来てくれる。わたしはいつもの不器用な笑顔でそれを迎えるだろう。寒い中をやって来た彼のため

に、熱い紅茶を淹れてあげよう。それから……ああ、それから？

予知夢。

そんな言葉が唐突に頭を掠め、わたしはぎくりと目を開ける。

薄暗い刃物店のカウンターの向こうに、さっきの少年の姿はもうなかった。

＊＊＊

午後五時過ぎ。パーティ開始の定刻よりもだいぶ早くに、わたしは《J》の前に到着した。

バス通りに面して建つ、四階建ての小さなビルだ。一階は喫茶店。《J》というのは本来この喫茶店の名で、二階が「フリースペース――J」と銘打たれた時間貸しのパーティ・ルームになっている。

部屋はもう開いているだろうか。誰かがもう来ているだろうか。まだ早いから、一階でコーヒーでも飲んで時間を潰そうか。

ぼんやりと考えながら、ビルを見上げる。二階の窓には白く明りが灯っていた。あたりはもうすっかり夕闇に包まれている。

冷たい風がひとしきり、街路樹の枝をざわめかせて吹きつける。思わず肩をすぼめながら、わたしはコートのポケットに突っ込んでいた手を出し、乱れ散る長い髪を押さえつける。——と、そこで。

視界の隅に妙なものが引っかかった。

それは、歩道に植えられた銀杏の木の下にあった。ちょうど喫茶店《J》の入口の真ん前——。

黄色い乳母車が一台。

腰掛け式のベビーカーではなく、大きな籠に四つの車輪が付いた、中に赤ん坊を寝かせてしまえるタイプのもので、見た感じ、かなり古い製品のようだ。車体の布は薄汚れ、あちこちがほころびている。

不審に思い、近寄って中を覗いてみた。

赤ん坊は乗っていない。——当たり前だ。この寒い中、こんな道端に子供を乗せた乳母車を置き去りにする母親は普通いないだろうから。

放置自転車ならぬ放置乳母車、か。

誰がどんな事情があって、こんなところにこんなものを置いていったのだろう。大型ゴミの回収に出すのが面倒でここに捨てていった、それだけのことかもしれないけれど。

喫茶店の入口の横手に、階上へ通じる狭い階段があった。ちょっと迷った末、わたしは階段のほうに足を進めた。

二階のパーティ・ルームはすでに開放されていた。受付のようなものは見当たらず、わたしは誰にも呼び止められることなく部屋に入った。

明りも暖房も点いているが、人の姿はなかった。まだ誰も来ていないのか……。

壁から床から天井まで、室内は何もかもが白で統一されていた。調度品もたいていが白系統の色。白いテーブルに白い椅子、照明もカーテンも白。

通りに面した広い窓にはスモークグレーのガラスが入っており、そこに真っ白な文字で〝Merry Christmas〟と書かれている。いかにも素人臭い、お世辞にも上手とは云えないレタリングだった。

わたしは奥の隅の一席に腰を下ろした。

バッグを椅子の背に掛け、ここへ来る途中の文房具店で買ってきた交換プレゼント用の品をテーブルの上に置く。コートは着たままでいた。暖房は効いているのだが、冷えきった身体はなかなか温まってこない。

びし、びし、びし……と、かすかな異音がどこからか聞こえる。

びし、びし、びし、びし……

これは、わたしの頭の中で鳴っている音。わたしの意識を喰い荒らしたあの虫たちがひしめきあう！……いや、違う。違う、そうじゃない。

わたしは独り、強く首を振る。

これは時計の音だ。あそこ——正面の白い壁に掛かったあの四角い時計。白い文字盤、白い枠組の、あの掛時計。あれが時を刻んでいる音だ。

時刻は五時二十分になろうとしていた。

ああ、もうそろそろ誰か現われてもいい頃なのに……。

軽い苛立ち、そして焦り。単調に響きつづける時計の音が、それらの感情に緩やかな加速を与える。

バッグからシガレットケースを取り出して、煙草を一本くわえる。火を点けるのにはマッチを使う。嫌がる人のほうが多いみたいだけれど、マッチをすった時に漂うあの硫黄臭がわたしは好きなのだ。

細い煙が立ち昇り、暖房の風に巻かれて踊る。その複雑な動きが、いやにはっきり〝形〟として見えた。

＊＊＊

定刻の五時半寸前になって、ようやく人が来た。

大きな袋をいくつも抱えた三人の男たち。食べ物や飲み物の買い出しにいっていたのだという。それからばたばたと他の人たちも到着し、五時四十五分には参加者が揃った。

　人数はわたしを入れて十三人。今年の春以来おなじみの面々だが、その中に行雄さんの顔はない。

　行雄さんはこのサークルの、わたしよりも二学年上の先輩だった。今日のパーティには、アルバイトの都合で来られないという。

　彼がいないのは寂しいけれど、ほっとする一面もある。わたしたちが恋人同士であることは、サークルの中では大っぴらにしていないからだ。そういう関係の二人としてみんなに見られるのを、彼がとても嫌がるのだった。

　行雄さんの他にも、用事があって参加できないメンバーがずいぶんいるようだ。けれどもわたしにしてみれば、集まる人間の数はなるべく少ないほうがありがたかった。

　誰もが皆、極地観測からやっとの思いで帰還したような表情で部屋に入ってきた。口々に寒い寒いと云い合う。しばらくはコートや手袋を着けたままで、椅子にも掛けずに足踏みを続ける。

　適当に挨拶の言葉を並べながら、わたしはそれとなく彼らの様子を観察する。

　面白いことに、わたし以外の十二人は、男性が九人と女性が三人、この全員が眼鏡をかけている。それも、みんな同じような銀縁の眼鏡だった。

実を云うと、わたしも決して視力は良くないのだが、作ってある眼鏡やコンタクトレンズを使うことはめったにない。そんなにひどい近視でもないので、裸眼のままでも日常生活には不自由しないし、それにそう、自分を取り巻く世界の表情があまりくっきりと見えすぎるのは、むしろ居心地が悪いから。

さっきの商店街の刃物店で見た少年の凄まじいほどに美しい笑みを、そこで思い出す。あの時あの距離で、どうしてあんなにはっきりとそれが見えたのか、考えてみれば不思議なことだった。

集まったメンバーはそれぞれ、華やかなクリスマス用の包装紙でラッピングされたプレゼントを持ってきていた。わりに大きな品が多いみたいだ。中には、長さが五、六十センチもありそうな包みを抱えてきた者もいて、わたしはそれらの中身が妙に気になった。

テーブルにグラスや皿が並べられる。誰が用意してきたのか、古風な形の燭台が真ん中に置かれ、蠟燭に火が灯される。

「えー、皆さん」

やがて、会長の東村さんが前に出て声を張り上げた。

「本日はどうも、お忙しいところをお集まりいただいてありがとうございます。少々時間が遅れましたが、そろそろパーティを始めることにいたしましょう」

眼鏡のフレームに指を当てながら、しゃちほこばった口調で話す。

「恒例のクリスマス・パーティ兼忘年会であります。今年一年、まことにご苦労さまでした」

ぽぉん、ぽぉん……と、シャンパンの栓を抜く音があちこちで響く。白い部屋の中を勢いよくコルクが飛び交う。

「来年のわがサークルの、いっそうの発展を祈って――」

シャンパンを注いだグラスを差し上げ、東村さんが高らかに云う。

「乾杯！　メリー・クリスマス！」

メリー・クリスマス。

わたしは心の中で祝いの言葉を繰り返す。

メリー・クリスマス。それと――。

誕生日おめでとう、咲谷由伊さん。

今日は十二月二十四日、クリスマス・イヴ。――わたしの二十歳の誕生日。

＊＊＊

パーティは何の滞りもなく進行した。

適当に喋り、適当に笑い、楽しんでいるようでいて内心ひどくぼんやりと時間を過ごしているわたしを、冷ややかな眼差しで見つめるもう一人のわたしがいる。

――そうだよね。あなたはもう二十歳なんだよね。

彼女はわたしに囁きかける。

――二十歳の誕生日。十九歳のあなたが死んで、今日でまたひとつ、新しいあなたが生まれた。あなたはそれが嬉しい？　悲しい？　それとも……。

「さて、本日のパーティもそろそろ終わりに近づいてまいりました」

歯切れの良い東村さんの声が、白い部屋に響いた。

「ここで恒例のプレゼント交換を行なうことになっているわけですが、その前にちょっと――」

そして彼は、にこにこと笑いながらわたしのほうを見た。

「本日は、皆さんご存じのことと思いますが、今年入会された咲谷由伊さんの誕生日でもあるわけでして」

みんなの視線がいっせいにわたしに集まった。誰からともなく、ぱちぱちと拍手が湧き起こる。

東村さんは両手を上げて拍手を静め、

「実は私、彼女のためにひとつプレゼントを用意してまいりました」

そう云って、赤い包装紙で包まれた箱をテーブルから取り上げた。すると、それが「始め」の号令でもあったかのように、他のみんなも全員椅子から立ち上がって、

「誕生日おめでとう」

「おめでとう……」

口々に云いながら、わたしのほうへ歩み寄ってきた。プレゼント交換用のものだとばかり思っていた品々を手に手に持って。

さすがにわたしは驚いた。——これは？　あらかじめ打ち合わせをしておいたことなのだろうか。

嬉しいという気持ちは、けれどもまるで湧いてこなかった。それはわたしにとって、とてつもなく異様な、不可解な出来事であり、光景だった。

わたしへのバースデー・プレゼントを持った彼らの顔。誰もが同じ銀縁の眼鏡の奥で三日月のように目を細め、にこにこと、何者かの意思に従って統一されたかのような笑いを浮かべている。

「二十歳の誕生日ですね」

東村さんが云った。

「二十歳のあなたへ、われわれ十二人からのささやかなプレゼントです」

「誕生日おめでとう」

「おめでとう……」

押し寄せる祝福の声に、

〈……誕生日おめでとう。二十歳の誕生日だね〉

ゆうべの夢の、行雄さんの声が重なる。

〈これ、僕からのプレゼント。すぐに開けてみて……〉

まもなくわたしの前には、さまざまな大きさと形のプレゼントが全部で十二個、山積みになった。わたしはすっかり動揺してしまって、言葉を詰まらせた。

「あ、ありがとうございます。でもどうしよう。こんなにたくさん、持ちきれない」

「まあまあ、そうおっしゃらずに」

東村さんがにこやかに云う。

「どうぞ、ひとつずつ開けてみてください」

「すぐにですか」

〈すぐに開けてみて……〉

「そうです。すぐにです」

〈すぐに……〉

うろたえつつもわたしは、プレゼントのひとつに手を伸ばす。

最初に取り上げたのは、十二個の中ではわりあいに小さい、ちょうど中型の辞書くらいの大きさのもので、振ってみると、やや重い手応えでごとごとと音がした。リボンはかけられておらず、緑色の包装紙で丁寧に包んだ一箇所をテープで留めてある。

「何かな」

ちらと上目遣いにみんなのほうを窺う。相変わらずの笑みを顔に貼り付けたまま、彼らは黙ってわたしの手許を見つめている。

そこで不意に、わたしは奇妙な感覚に襲われた。

異常な静寂感、と云えばいいだろうか。

外の通りを行き交う車の音が、先ほどまでは断続的に伝わってきていたのに、今はまったく聞こえない。多くの人間が集まった場所には必ず生まれるざわめきが、今は完全に消えている。暖房機の音も、びし、びし……というあの時計の音も、聞こえない。まるでこの白い部屋だけが外の世界から切り離され、さらにその中にいるわたし一人だけが別の時空に隔離されてしまったかのような、この静けさ、この沈黙。

誰も何も云わない。微動だにしない。呼吸や心臓の動きすらも止めてしまったのではないかと思える。

最初の動揺はどうにか収まったものの、今度は云いようのない不安が急速にせりあがってくる。

何だろう、これは。何が起ころうとしているのだろう。

十二人の視線が見守る中、わたしはプレゼントの包装を解いた。

現われたのは黒いボール紙の小箱。蓋の上に、"Happy Birthday"と扉に記された二つ折りのカードが留められている。

わたしはカードを外して横に置くと、いくばくかのためらいののち、蓋を開けた。

＊＊＊＊＊

それが何なのか、わたしはとっさには理解できなかった。何だか生白い色をした柔らかそうなもの、としか認識できなかった。

「……何なの、これ」

声を落としたのは数秒してから。その時点でやっと、これは手だ、とわたしは認めた。

人間の手――手首から先の部分――が、箱の中には入っていたのだ。甲から枝分かれした五本の指はぴんと伸びきっている。親指の位置からして、右手だと察せられる。手首の切断面には、赤黒い血の塊がびっしりとこびりついている。

わたしは慄然としたが、悲鳴を上げる前に考え直した。

　こんなもの、誰かの悪戯に決まっているではないか。よくできた模型なのだ、これは。

「びっくりした。ほんとにもう、趣味悪い。――誰のですか」

　にこにことわたしのほうを見つめつづける十二人。わたしの問いかけに答えようとする者はいない。

「カードを読んでください。声を出して」

　東村さんがそう命じた。いつもの穏やかな調子だけれど、何やら有無を云わさない迫力がある。

　わたしはカードを取り上げて開き、そこに並んだ文字を読み上げた。

「二十歳のわたしへ――」

　赤いサインペンで書かれた、きっちりと大きさの揃った几帳面な字。

「ひとつはわたしの右手を。わたしが書いたすべての罪深い文章のために」

　すると、ほとんど間をおくことなく、

〈二十歳のあなたへ――〉

　十二人がいっせいに、「わたし」を「あなた」に換えて同じ文句を復誦した。

〈ひとつはあなたの右手を。あなたが書いたすべての罪深い文章のために〉

　さっきまで完全な静寂に覆い尽くされていた白い部屋の空気を、ひとつに重なった十二人の声が打ち震わせる。

「ああ」

わたしは弱々しく喘いだ。

ああ、そうか。そうだったのか。どこかで見たような気はしたのだ。これは——こ、れは、わ、た、し、の右手なのか。

そのように了解したとたん、わたしは自分の表情が冷たく凍りつくのを感じた。と同時に、いっさいの感情が心から弾き出され、どこかへ吹き飛んでしまう。

みんなは相変わらず、同じ銀縁の眼鏡の奥で同じ目をして、同じようににこにこと笑っている。

「さあ、次をどうぞ」

と、東村さんが促す。わたしは黙って頷くと、ふたつめのプレゼントにとりかかった。

長さ五、六十センチの大きな包み。持ってみるとずっしり重く、箱には入れずじかに包んであるようで、何だかごつごつとした手触りだった。テープで留められた赤い包装紙の隙間に、さっきと同じバースデー・カードが挟み込まれている。

カードを取ってテーブルに置き、手早く包みを開ける。透明なビニール袋に詰め込まれた、血だらけの脚が出てきた。太腿と足首の二箇所で切断されているが、はて、右か左か、これはどちらの脚だろう。

「カードを読んでください。声を出して」

とまた、東村さんが云う。命じられるままに、わたしは二枚めのバースデー・カードに記された文章を音読した。

「二十歳のわたしへ――。ひとつはわたしの左脚を。わたしが歩いてきた長い道のりのために」

〈二十歳のあなたへ――。ひとつはあなたの左脚を。あなたが歩いてきた長い道のりのために〉

寸分の乱れもないシュプレヒコールが、白い部屋に響く。

次に開けたプレゼントは、最初の右手と同じく黒いボール紙の箱に納められていた。今度の中身は、血にまみれた足――足首から先の部分――だった。

わたしはもはや顔色を変えることもなく、命じられないうちに三枚めのバースデー・カードを読み上げる。

「二十歳のわたしへ――。ひとつはわたしの右足を。わたしが踏み潰したすべての小さな生き物のために」

そしてまた、十二人のシュプレヒコール。

〈二十歳のあなたへ――。ひとつはあなたの右足を。あなたが踏み潰したすべての小

さな生き物のために〉

それはまるで、何かの〝儀式〟のようだった。残酷で滑稽な、それでいてどこかしら神聖な……。

そんなふうに思いながらわたしは、次へ進む手を止めて部屋の中を見まわす。

壁と天井の境目あたりに放り出され、漂っている自分の感情が見えた。暖房の風に巻かれて踊る煙草の煙の〝形〟に似た――あれは、やはり〝恐怖〟なのだろうか。

＊＊＊＊＊

〝儀式〟は淡々と進行していった。

「二十歳のわたしへ――。ひとつはわたしの左腕を。……」

〈二十歳のあなたへ――。ひとつはあなたの左腕を。……〉

「二十歳のわたしへ――。ひとつはわたしの左足を。……」

〈二十歳のあなたへ――。ひとつはあなたの左足を。……〉

「二十歳のわたしへ——。ひとつはわたしの左手を。……」
〈二十歳のあなたへ——。ひとつはあなたの左手を。……〉
「二十歳のわたしへ——。ひとつはわたしの右脚を。……」
〈二十歳のあなたへ——。ひとつはあなたの右脚を。……〉
「二十歳のわたしへ——。ひとつはわたしの右腕を。……」
〈二十歳のあなたへ——。ひとつはあなたの右腕を。……〉

そして、九番目に開いたプレゼントの小箱の中には、切り取られたふたつの耳が入っていた。

「二十歳のわたしへ——。ひとつはわたしの両耳を。わたしが聴こうとしなかったすべての声のために」
〈二十歳のあなたへ——。ひとつはあなたの両耳を。あなたが聴こうとしなかったすべての声のために〉

繰り返す十二人の顔には、いっときたりともにこやかな笑みの絶えることがない。それが伝染したように、この頃にはわたしの顔も、冷たく凍った無表情から引きつった笑いへと変わりつつあった。

十番めは、わたし一人では持ち上げられないくらいに大きくて重い、不恰好な包みだった。テーブルの上に置いたままの状態で、苦心して包装紙を剝ぎ取ると、そこには、両腕両脚と首を切り取られた血みどろのトルソーがあった。

「三十歳のわたしへ――」

いくらか息を荒くしながら、わたしは十枚めのカードを読んだ。

「ひとつはわたしの胴体を。わたしを産み落とした穢らわしい女のために」

〈二十歳のあなたへ――。ひとつはあなたの胴体を。あなたを産み落とした穢らわしい女のために〉

さらに次のプレゼントは、拳ほどの大きさの丸い包みで、妙にぐにゃぐにゃとした感触があった。これまでの十個のプレゼントによってすっかり血で汚れていたわたしの両手は、この十一番めの品を取り出してさらに汚れることとなる。

中身は、冷たい心臓だった。

「三十歳のわたしへ――。ひとつはわたしの心臓を。わたしが欺いたすべての無垢な魂のために」

〈二十歳のあなたへ――。ひとつはあなたの心臓を。あなたが欺いたすべての無垢な魂のために〉

そして最後に残った一個——十二番めのプレゼントに、わたしは手を伸ばす。真っ赤な包装紙でラッピングされた、サッカーボールが入るくらいの大きさの箱だ。この中身が何なのかは、もはや考えるまでもないことだった。

包みを剝がし、カードを取り、箱の蓋を開ける。

まず目に映ったのは、箱の外まで溢れ出さんばかりの長い黒髪だった。わたしは赤く汚れた手でそれを鷲摑みにし、中から引っ張り出した。

「二十歳のわたしへ——。ひとつはわたしの首を。わたしが愛し憎んだすべての人間のために」

〈二十歳のあなたへ——。ひとつはあなたの首を。あなたが愛し憎んだすべての人間のために〉

テーブルに置いたその生首は、まるで生きているように見えた。長い髪に隠れて、両耳が切り落とされているのは分からない。顔色は悲しいほどに蒼白いけれども、細く開いた両目や少し前歯の覗いた口許……それらは確かに、笑顔を形作っている。

この時ほどわたしは、自分の顔をきれいだと思ったことはない。

ああ、何てきれいな……。

薄暗い刃物店の中にいたあの少年の顔が、ふとそこに重なって見える。似ている、と感じた。あの時のあの少年の美しい笑顔に、これはとても……。

外界から隔離されたような静寂感が、ふたたび部屋を訪れていた。十二人の会員たちは、相も変わらずにこにこと笑いながらわたしを見つめている。

「改めて、誕生日おめでとうございます」

と、やがて東村さんの声が静寂を破った。それが口火となって、

「誕生日おめでとう」

十二人の乱れのないシュプレヒコールが、また始まる。

「誕生日おめでとう。おめでとう。おめでとう。おめでとう……」

波のように打ち寄せてくる彼らの声は、いつ終わるとも知れず続いた。

「どうも皆さん、ありがとう」

わたしがぼそりとそう応えると、彼らの声はぴたりとやみ、にこにことこちらを見る笑顔だけが残った。

「どうもありがとうございます」

もう一度礼を述べると、わたしはテーブルの上に並んだ十二個のバースデー・プレゼントに目を移した。

右手、左脚、右足、左腕、左足、左手、右脚、右腕、両耳、胴体、心臓、そして首。

――二十歳になったわたしの前に今、まぎれもないもう一人のわたしが、いる。

＊＊＊＊＊＊

午後八時半。《J》から出てみると、外は白い雪の夜だった。

星ひとつない真っ暗な空から湧き出すようにして、ふわふわと綿雪が舞い降りてくる。いつごろ降りだしたのだろうか、家々の屋根や歩道の端にはもう、うっすらと白い絨毯（じゅうたん）が……。

ビルの前の銀杏の木の下には、例の黄色い乳母車が置き去りにされたままだった。貰（もら）ったバースデー・プレゼントをその乳母車に積み込んで、わたしは独り帰路についた。

傘はない。コートのフードをかぶって、わたしは凍えた夜を歩きはじめる。

頼りなく風に揺れながら落ちてくる雪が、腕や肩を徐々に白く染めていく。それを払いもせず、わたしは黙々と帰り道を急ぐ。ばらばらに解体されたわたし自身を乗せた、古びた乳母車を押して――。

積載重量超過だろうか、乳母車はぎしぎしと、今にも壊れそうな軋（きし）みを発しながら転がる。

道行く人々の目に、そんなわたしの姿はきっとさぞや奇妙なものに映っただろう。

けれど、誰にも声をかけられることはなかった。

早く部屋に帰り着きたかった。

帰って、シャワーを済ませた頃には、行雄さんが来てくれる。わたしはいつもの不器用な笑顔でそれを迎えるだろう。寒い中をやって来た彼のために、熱い紅茶を淹れてあげよう。それから……。

〈……誕生日おめでとう〉

彼はわたしに云うのだ。

〈二十歳の誕生日だね……〉

ああ、これはゆうべの夢。ゆうべ見た、今夜の出来事の夢。今夜——十二月二十四日、わたしの二十歳の誕生日の夜の……。

商店街を抜ける。

タカナカ刃物店の飾り窓にはもうシャッターが下りていた。開いている店もまだいくつかある。薄っぺらな楽器で奏でられる「ジングル・ベル」のメロディが、どこかから流れ出してくる。

……かぁん、かぁん、かぁん

やがてまた、通せんぼの踏切。赤い眼の警報機がけたたましく闇を震わせる。

かぁん、かぁん、かぁん、かぁん……

雪はやや勢いを増して風に舞う。乳母車の握り手に両手をかけたまま、わたしは遮断機の前で足踏みを続ける。

かぁん、かぁん、かぁん、かぁん……

甲高く、けれども淡々と。

かぁん、かぁん、かぁん……と、その音をまねて口の中で呟くうち、そこでわたしは、突然に巨大な疑問を抱きはじめるのだった。

〈……誕生日おめでとう。二十歳の誕生日だね〉

ゆうべ見た、今夜の出来事の夢。

〈これ、僕からのプレゼント。すぐに開けてみて……〉

今夜の……今夜？　――本当にそれは今夜の出来事なのだろうか。

赤いリボンのかかった平べったい包み。その中から現われる、金色の柄のペティ・ナイフ。

〈……さあ。それで僕を刺しておくれ。そのナイフで、今すぐに……〉

行雄さんはそう云った。そう云ったように、わたしには思えた。

〈さあ、早く……〉

わたしはナイフを握りしめ、彼の喉にその切っ先を突き立てる。思ったよりも柔らかな感触。生温かい真っ赤な液体が、わたしの顔に噴きかかる。

……ご……ごご……

遠くから響いてくる重々しい音を聞きながら——。

ごご……ごごごご……

今夜ではない、とわたしはようやく気づいた。いや、思い出したと云うべきだろうか。

今夜ではない。

これはゆうべの出来事なのだ。

ゆうべ——十二月二十三日の夜、行雄さんはわたしの部屋にやって来た。そして時刻が午前零時を過ぎるのを待って、わたしに云ったのだった。

〈二十四日になったね。誕生日おめでとう。二十歳の誕生日だね……〉

今夜これから起こることではない、これはゆうべすでに起こってしまったこと。夢ではない、これは現実の……。

〈……どうしてなの、行雄さん。どうしてわたしにこんなことをさせるの。わたしはあなたのことがこんなに好きなのに。こんなにあなたを愛しているのに……〉

これは、そう、裏返しの台詞。傷口から噴き出す血を押さえながら彼が投げかけた言葉を、そのままなぞったような。

〈……どうしてなんだ、由伊ちゃん。どうして僕にこんなことをするんだ。僕は君の

ことがこんなに好きなのに。こんなに君を愛しているのに……〉

泣きながら、わたしは彼を刺しつづけた。気が狂ったように刺しつづけた。そしてさらに、そうだ、わたしは息絶えた彼を浴室に運び、そこで彼の身体をばらばらに切り刻んでいったのだった。今月の初めにタカナカ刃物店で買った、大振りな肉切り包丁を使って。

……ごご……ごごご……

そう。これは夢ではない、ゆうべ本当にあった出来事——。

ごごご……ごごごご……

行雄さんはきっと、おとなしくわたしの帰りを待っているだろう。早く彼のそばに戻ってあげよう。そうして今夜、わたしたちはひとつになろう。決して離ればなれにならないように。

虫喰いだらけの頭の中、わたしは妖しく浮かれた気分で考える。

乳母車の中にいるわたし。部屋で待っている行雄さん。ばらばらになったわたしたち二人の身体を、針と糸を使って丁寧に縫い合わせよう。わたしの首を彼の胴体に。彼の首をわたしの胴体に。腕や脚はどのように組み合わせようか……。

……かぁん、かぁん、かぁん

淡々と続く警報機の音。それを掻き消すようにして膨れ上がる、ごごごごごごごごおおおおお……！

これは、近づいてくる列車の轟音。

足踏みを止め、かぶっていたフードを外しながら、わたしは掠(かす)れた声で呟く。

「二十歳のわたしへ――」

そしてわたしは、乳母車をその場に置いたまま、遮断機の下をくぐりぬける。暗い別世界のような踏切の中に飛び込む。

「ひとつはわたしの命を」

猛然と迫りくる白い光に向かい、わたしは両腕を広げて叫ぶ。

「生まれてくるわたしたちのために」

……………

轟音と警笛と叫び声と鳴りつづける警報機……その狭間(はざま)にほんの一瞬、奇跡のように訪れた静寂の中で、商店街から流れてくる「ジングル・ベル」が「聖(きよ)しこの夜」に変わるのを、わたしは聞いた。

（角川文庫『眼球綺譚』に収録）

迷い子(まよいご)

加門七海

（随分ときれいに老けたもんだな）

きちりと結ばれた映像の中、屋久島は改めて彼女に見惚れた。

妻が道を訊くというので、ほんの数分、辺りをひとりで歩いていた。その間と、晴れ渡った新年の西に傾いた陽の色と……。そんなものが屋久島の視線を洗ったのかも知れない。

屋久島はコホンと咳払いをして、

「うん。迷子のしらせ石と書いてある。お前、よく知ってたな」

自分の気持ちに気恥ずかしくなったのか、怒ったような声色を作った。

「だって昔からあるものでしょう。以前はしるべ石って言っていたはずよ」

熟れた紬の着物の褄を僅かに指で絡げ持ち、珠恵は粗大ゴミと化しているバイクの脇をすり抜けた。

滅多に訪れる人もない道路脇の一角は、どこか不潔な雰囲気がある。その中、妻の姿ばかりが、垢抜けたものとして浮かび上がった。

白地の紬に桃色の草履は、共に高価なものではない。が、彼女がまだ若い頃から大切にしている品々だ。

若いときは若いように、年をとればそれなりに、珠恵はそれを綺麗に着こなす。

（いくつになっても、コイツのお洒落は変わらんな）

屋久島は小さく微笑んで、妻の後ろ姿を見つめた。

錆びた鉄のフェンスに囲まれ、黒い石柱が立っている。その正面に「満与ひ子の志るべ」という文字が刻んであった。

珠恵はそれをしげしげと、検分するような目つきで見つめた。

陽が翳ってきたせいか、それとも頭上の空を遮る首都高速の高架のせいか、石の表面に刻まれた文字を読み取るのは苦労する。

「左横が訊ねる方、右が知らする方……。貼り紙を貼って、お互いに迷子の所在を連絡するのよ。だけど、ひどいわ。柵を作ってしまったら使えなくなってしまうのに。それに立地も随分悪い」

屋久島の読んだ説明板を改めて己で解説し、珠恵は不満げな顔をした。

「バカだな。今時こんなもの、使われるはずがないだろう」

これは江戸時代に使われたもの——今のような情報手段のなかった時代の苦心の策だ。

「それに昔のここら辺りは、商いのための幹線道路だったんだ。人通りも多かった」

屋久島は時代小説で覚えた知識を披露して、橋の方に顎をしゃくった。

高架下の日本橋川は、日も当たらず、黒々と陰気に静まり返っている。しるべ石のある一石橋も、車の往来ばかりの激しい人気のない道になり果てている。昔だったら、この場から江戸城が望めたに違いない。けれども今、その城の姿は東京駅に阻まれて、気配すらも窺えない。

(随分、景色も変わっただろう)

知りもしない時代に思いを馳せて、屋久島は息を吐き出した。

「昔はフェンスなんかなかったわ。……あ。でも、見てよ。フェンスの鍵が壊れてる。それに貼り紙もしてあるわ。やっぱり使っている人、いるのね」

一人勝手な夫の感傷をよそにして、珠恵は嬉しそうに笑った。その声に注意を引き戻されて、

「ばかな」

屋久島は振り向いた。

「本当よう。見てご覧なさい。よく読めないけど……ほら、名前が書いてある」

反射的に、屋久島は妻の指さす方を見た。

錆びたフェンスの奥、石の表に確かに紙が貼ってある。

いつ頃、貼られたものなのか。雨風に曝され、書かれた文字はほとんど流れてしま

っている。だが、いくらそれが古くても、江戸のものではないだろう。

「何だろうな。願掛けだろうか」

「この人、見つかったのかしら」

噛み合わない会話を交わして、夫婦は顔を見合わせた。

話こそ少しずれていたが、ふたりがお互い、人捜しについて考えているというのなら——多分、心に思い浮かんだ顔は同じ人物だ。

珠恵が先に口にした。

「久司君の行方も貼り紙しとけば、誰かが教えてくれるかしらね」

「貼ってみましょうか。私達の孫が行方不明になってますって」

「止めておけ。冗談にするんじゃない」

「……………」

屋久島は不愉快な顔をした。

妻は何でも面白がる。気が若いのは結構なことだが、何でもかんでも無理矢理に楽しみにしてしまうのは、決して長所とは言えないところだ。それは一種の現実逃避だ。どうしても直らない、珠恵の癖だ。

「私、本気に思っているのに」

彼女に反省の色はない。

「いい加減にしろ。文化財にそんなことをしていいものか」

屋久島の声が少し尖った。

「本気だったらできるでしょ。あなた、冷たい」

それを聞き、珠恵はフィとそっぽを向いた。

孫の久司が失踪したと知ったのは、年も押し詰まった頃だった。年の瀬になっても連絡をよこさない息子を案じて、両親がアパートを訪ねたところ、部屋はもう一月近く放置されたままになっていたという。

会社を首になっていたのも、両親はその時、初めて知った。

――「恥ずかしかったんだろうな。でも、言ってくれれば良かったのに」

息子の大事を知らずに過ごした、嘆きと愚痴と悔恨と……。そんなものを聞くために、新年早々、屋久島は病気がちの身体をおして息子夫婦を訪れたのだ。

どうして、きちんと連絡を取り合っていなかったのか。

大体、久司に一人暮らしをさせる理由があったのか。

すべて今更の言葉だ。けれど、屋久島は前から同様の台詞を幾度も口にしてきた。だが息子達は彼の言葉に耳を貸すことはついぞ、なかった。

その結果が、これだった。

（だから、言わんこっちゃないんだ）

心の中に少しだけ、底意地悪い気持ちがあった。そしてそれと引き替えに、数多いる行方不明者リストに、新たな名として加わった孫の存在がやるせなかった。

(戦没者の名簿を見たときみたいだ)

屋久島は思った。

あの無機質な活字の連なり。そのインクに塗りつぶされて、個人個人の運命は窺うこともできやしない。いや、それよりも町ぐるみ焼き殺された人の命は「××万人」という数のみ残り、いっそ気持ちの良いほど悲惨だ。

枯れ木のように、立ったまま死んでいった男の様。

嘆くことすら忘れた女の茫然とした表情は一体、どこに行ったのか……。

「さあ。宮城に行きましょう」

珠恵は屋久島の手を引いた。

「この時間じゃもう、皇居の中には入れないだろ。今日は帰ろう」

「何言ってんの。せっかく、ここまで来たんですから」

珠恵は少しも譲らない。そして、

「あなた、もうすぐよ」

彼女は腕をひっぱった。

地図で見れば確かに近いが、歩けば結構な距離がある。病がちの人間が歩いて楽し

い距離ではない。だが、

（元気だな）

屋久島は潑剌とした妻の様子を楽しむように、引かれるまま、後に従った。

見えない城を目指していくと、東京駅が近づいてくる。それに屋久島は眉を顰めて、

「ああ、しかし。もう一度、東京駅の中を通るのはゴメンだからな」

頑固な様子で、歩調を緩めた。

「そうね。散々、迷ったものね」

珠恵はからかうように言う。

「違うだろう。迷うだけならともかくも、いきなり上から工事中のライトが降ってきたりしたんでは、危なくてうかうか歩けやしないよ」

「ああら。物が落ちてくるなんて、しょっちゅうある話じゃないわ。けど、あなたの方向音痴はいつも。私、そのほうがよっぽど怖いわ」

珠恵は笑った。

「ひどいな。まあ、長い時間、東京駅を彷徨ったのは確かだが……」

東京に住んでいるといっても、いや、東京に暮らすからこそ、用事のないところには足を踏み入れる機会もない。

若い人達はともかくも、戦前生まれの東京人は、案外と狭い地域の中で生活してい

る。

屋久島もそういう人間だった。

地元で用が足りるなら「村」を出る必要は感じない。

そして彼ら夫婦が数年ぶり……いや、十年以上の時を隔てて、久々に利用した東京駅は、曖昧な過去の記憶など、まるっきり役に立たないほどの見事な変容を遂げていたのだ。

上越新幹線の乗り入れ。距離が表示されるほど、離れた場所にある京葉線。以前は見なかった飲食店、ネクタイ売場に化粧品屋。

「あんなに変わっているなんて、夢にも思わなかったなあ」

屋久島は呆れたような、寂しいような顔をして、

「それでもまだ、構内は工事のまっ最中って感じだ。数年置いて再び来たら、また迷子になるんじゃないのかね」

「頼りないことを。あなたがいなくなったら、私、しるべ石に貼り紙するわ」

(まだ、言っている)

屋久島は微笑いかけてふと、小さな揺れに似た眩暈を感じた。

――帰って来られないんだろうと、しるべ石に願掛けて。

あれは何の記憶だったたか。

屋久島は妻を窺った。珠恵は意味もなく笑い返して、たわいのない話を続ける。

「だけどねえ。あんなに地面を掘っくり返して、大丈夫なのかしらね。昔はこの辺りまで海だったって聞いたけど」

そうして疲れた様子も見せず、線路の下を潜って歩く。

陰気臭い道筋に、白い足袋先と裾裏がひらひら翻って目に映えた。

束の間の暗がりの向こうに延びる白っちゃけた道が、不思議な感じだ。そして、その先に待っている皇居の緑は奇妙に暗い。

「……海だったのは江戸の初めの話だろ。今更、地盤沈下もないさ。それよりも、こんなところを掘って、何も発掘されないのかな」

眼前の風景に何となく現実離れしたものを感じつつ、屋久島はぼんやりと会話を続けた。

「三尺下は江戸の華と言いますからね」

珠恵は小さく頷いて、

「髑髏ぐらいは出てきますでしょう」

江戸の華が髑髏とは不釣り合いな表現だ。

屋久島はその齟齬感に、ハハと乾いた声で笑った。

「しかし今の東京駅の地下なんて、三尺どころじゃ済まないだろう」

「江戸は駅の頭の上ね。だから上から骸骨が降ってきたりするんだわ」

酒落めかしたつもりの夫の台詞に、珠恵は真面目な顔で返した。

「だから？」

屋久島は聞き返す。彼女は頷き、

「ええ。さっき、上から落ちてきたじゃない」

屋久島の顔をじっと見つめた。

「……あれは、ライトだったろう」

再び、視界が歪んだ気がした。

そうして、記憶も曖昧になる。

屋久島は激しく瞬きをした。

地下通路の頭上から突然、降ってきた白い塊。乾いた音を立てながら、鋭い破片を周辺にまき散らした丸い、塊。

(あれは)

記憶の中の画像が捩れた。

黴くさい臭いが鼻をつく。

鋭く輝く軌跡を引いて、眼前を滑って砕けた「何か」。転がった破片の一端に、湿った土が貼りついていた。それがびちゃりと跳ね飛んで、屋久島の頬に縋りつく……。

地下三尺は江戸の華。

なら、その下は。

捩れたままの記憶の瞳が、ぐるり、周囲を見渡した。

焦点の合わない人群れがざわざわ、キシキシ蠢いていた。見上げれば、薄く輝く髑髏が逆しまに空を見下ろしている。

下を見れば、砕けた骨片。それを桃色の草履で踏んで、

――「あなた」

重なる影を分け、珠恵は静かに近づいてくる。そうして浮遊する指先で、屋久島の頬をちらりと拭い、彼女は汚れた爪先をゆっくりと口の中に含んだ……。

慌てたように、屋久島はごしごしと自分の顔を擦った。

「父に聞いたのだったかしらね。昔の東京府庁舎の東北隅から、人骨が二十いくつも見つかったって」

珠恵は陽気な笑顔に戻り、髑髏の話の続きを始めた。老いることを忘れたような、あどけない微笑が気に掛かる。

艶ではない。だが、春を迎えた花のような色気が漂う。

屋久島は異物を見るように、そんな妻の横顔を見た。

違和感があった。

最前までの妻の様子と今の珠恵は、どこか微妙に異なっている。

(どこが?)

屋久島にはわからなかった。

捩れた記憶がもたらした、ただの錯覚か。気のせいか。

判断はできない。だがしかし、その違和感は消えずに残る。

「鬼門に人骨があるなんて、家相としては最悪ね。それとも、わざとやったのかしら。人柱ってそういうものなの?」

翳りのない両眼がまっすぐ、屋久島に向けられた。それが突然、生気を持たないがらんどうなものに見え、

「あれは……、あの人骨は中世のものだったんだろう。庁舎の建つ、遥か、昔だ」

屋久島は瞳から目を逸らし、動揺を隠して会話を続けた。

「あら、そうだった?」

聞こえてくる珠恵の声ばかり、奇妙に明るい。

「そうさ。お義父さんから何回も聞かされたから、よく憶えている」

言って、屋久島は口をつぐんだ。

庁舎の東北に架かる鍛冶橋。その架け替え工事の最中に、髑髏がゾロゾロ見つかっ

たのは、大正二年の話である。

当時、丸の内に勤めていた珠恵の父は発掘現場にたまたま居合わせ、累々たる頭骨の群れを目の当たりにしたという。

以来、義父は東京の埋蔵物に興味を持って、調べることを趣味とした。そして得た知識をことあるごとに屋久島や家族に披露したのだ。

――「お父さん、その話は何度も聞いたわ」

茶々を入れる珠恵の笑顔は、今でも記憶に鮮明だ。

（だが）

屋久島は首を傾げた。

一家や親族団欒の映像は、なぜか戦前までで、ふつりときれいに途切れている。喧嘩でもしたのか。いや、違う。戦後、あのような団欒の機会を持つことはなかった……ようだ。

（どうしてだろう。義父さんは戦死しなかったはずなのに）

視線を上げると、道の向こう、皇居が近くなっていた。正面に大手門と石垣が見える。しかしそれを正確に「見た」という自信が彼にはなかった。

まだ日は暮れきってなかったが、風景は既に影をなくして薄っぺらくも頼りない。そんな中での皇居の姿は、現実のものというよりも、ちゃちな幻のごとくに思えた。

（俺はこんな場所は知らない）

考えてみれば、宮城に足を運んだことは一度もなかった。

行ってみたい、と思ったことはあったような気がする。しかし、辿り着いたことは、

（そうだ。ない）

「なんで、皇居に来たかったんだ」

今になって、屋久島は珠恵に問いを投げかけた。

孫の安否を気遣って息子夫婦を訪ねた挙げ句、皇居観光なんておかしい。

「一緒に行こうって言ったじゃない」

珠恵は不服げな顔だ。

「絶対、一緒に行こうって、あなた、言ったの。忘れたの？」

そして、咎める口調になった。

「そうだったか……」

「ええ、そうよ」

断定的に決めつけられれば、確かに記憶が蘇る。

自分はここに来たいと思った。そして珠恵もそう言っていた。

――「お城まで行こう。皇居まで行けば……」

行けば、何があったのか。

思い出せなかった。

また、眩暈がする。

屋久島は石垣に瞳を凝らした。

「あれから、私は何回も、たったひとりでお城に来たわ」

近づく内濠をまっすぐ見つめ、珠恵は自分に頷いた。

「ひとりでか？」

「そうよ。何回も」

何回も。何回も。

繰り返される声は不自然に暗かった。まるで誰かを恨みに思い、それを訴えているようだ。

わざと視線を外したままの屋久島を、妻が静かに見上げた。屋久島はその気配を感じて、首筋の毛を逆立てた。

「……なんで、何度も行ったんだ」

俺に内緒で？　いつの間に？

理由の知れない恐怖が湧いた。それを覚られないように、屋久島は抑揚を殺して訊ねた。珠恵は答えず、穏やかな声に戻って小さく囁く。

「迷子」

「え？」

「近くにある将門公の首塚に、蝦蟇蛙がお供えしてあるでしょう。しるべ石に〝帰る〟の蛙。ここで道に迷う人が、随分いたのに違いないわね」

彼女は言った。嘆息に近い物言いは、質問の答えとは異なっている。けれども屋久島は、はぐらかされた答えに新たな問いを放った。

「首塚にも行っていたのか」

「何度も行ったわ」

何度も。何度も。

「どうして」

「だって」

珠恵は呟き、

「でももう、いいのよ」

屋久島の肘にそっと腕を絡めた。

久しく感じた覚えのない柔らかな女の感触だった。屋久島はそれに目を細め、唐突にまた、思い出していた。

将門塚に蛙を供え、花を供えて手を合わせ。

しるべ石に貼り紙を貼り、古くなっては貼り替えて、雨も風も、時をも忘れて、珠恵は年老いるまで一心不乱に願掛けをした。

(俺はそれをずっと見ていた)

この記憶に間違いはない。

(そうだ)

随分と長い時、屋久島は妻の後ろ姿を為す術もなく見つめてきたのだ。

自分の言葉に、いや、誰の言葉にも耳を貸そうとしないまま、奇妙に澄んだ瞳の色をして、神のみに祈る珠恵の姿。

しるべ石に貼られていた、紙に記された名は。

あれは——。

「そうそう、怖い話があるの」

再び屋久島の思考を断ち切り、鳥のような声で妻は話した。

「私、蛙は失せ人のまじないのための生き物なんだと、ずっと思ってたんだけど、蝦蟇蛙って妖術で人の生気を吸い取ったり、殺してしまったりするのですって」

大手門の手前を曲がると、冬の日はすっかり暮れ果てていた。

内濠を隔てた石垣が、街灯の白い明かりを受けて、ぬらぬら薄く光って見える。水はその色を呑み込んで、油のようにひたすら黒い。

濠沿いに歩けば桔梗門。そして坂下門に出る。

「だからね、私、思ったの。この近辺で迷子になった多くの人は、蝦蟇蛙に食べられたのかも知れないってね。鍛冶橋の骸骨も、そのなれの果て。だって昔はこの辺り、湿地帯だったって言うじゃない」

「海に蝦蟇は棲んでいないよ」

口ごもるように、屋久島は答えた。

「でも、濠はずっと残っている。東京は水の都ですもの。蝦蟇も沢山棲んでるわ」

一体、珠恵が何を思って、こんな話をし続けるのか。屋久島にはまだ、わからなかった。思えば、さっきからふたりの会話はほとんど嚙み合わないままだ。

(俺の話を聞いているのか？　俺の声が聞こえているのか？)

それとも捩れた記憶の溝に、声は落ち込み、届いてないのか。

聞きたい。けれども恐ろしい。

(なぜなら、珠恵。お前はもう……)

確信に近い思いがひとつ、ひらめき、消えずに残っていった。しかし、それを認めることは、あまりに非現実的だった。

腕の温もりと裏腹に、屋久島は微かに総毛立つ。

また、眩暈がした。嫌な眩暈だ。

「蝦蟇って炎も吹くのよ、あなた」

そんな屋久島の心を余所に、たわいないともいえる妖怪話を珠恵は穏やかな口調で続ける。

「だから、戦争の沢山の火も、蝦蟇の仕業かも知れないわ」

「……」

「だから、東京は沢山の蝦蟇と、沢山の火と、沢山の髑髏と」

「もう止めろ！」

屋久島は腕を振り払い、真っ向から妻の顔を見た。珠恵は微笑を浮かべたままで、瞬きもせずに夫を見つめる。

違う。

見つめてなどいない。

屋久島は息を吞み込んだ。

黒々とした女の瞳は現実の何をも映すことなく、自ら作った世界のみを見つめて、ひっそり静まり返る。

「もっと早く知ってたら、蝦蟇には願掛けしなかったのに」

笑ったままの女の口が呟いた。

「後で知ったの。もう遅いわね」

キャーハハハッ。

珠恵は、身を仰け反らして激しく笑った。

寝静まった水鳥が、水を蹴立てて羽ばたいた。

美しいと思った女の顔の、口だけが異様に大きく見える。

(毀れている)

屋久島は慄然とした思いに捉われた。

(そうだ。やっぱり)

振り子のように揺れていた眩暈が突如、静止した。

そして記憶の風景は、一面の炎に包まれた。

――「皇居に逃げましょう。お城に行けば、水がある。あそこは燃えない」

昭和二十年五月二十五日、夜半。

屋久島は妻に促され、焼けただれた大地を走った。

生まれつき病弱だった屋久島は徴兵されることもなく、地方に疎開することもなく、東京で逼塞していたのである。

住んでいた土地を焼け出され、浅草橋近くのバラックに病身を横たえたままで半年。子供のみを疎開に出して、「お国のため」に尽くすこともできぬまま、とはいえ死ぬことも選べずに屋久島はじっと臥していた。

病身だからこそ、生きることへの執着が強かったのかも知れない。が、度重なる空襲を何とか避けていたのも結局、一時凌ぎでしかなかった。

激しさを増した空爆は、今年に入ってもう十二回を数えていた。東京は炎と焦土に化して、川はあるべき水の代わりに人の死体で埋め尽くされた。

（そう。あの時もそうだった）

本郷区はもう、火の海だった。

そこから炙り出されるように、屋久島達は南下した。

「川はだめよ、絶対死ぬから。そうだわ。皇居に逃げましょう。皇居の濠には水がある。お城は燃えない。一緒に行くのよ」

妻は屋久島を抱えるように、焦げた残骸と化している日本橋の闇を走った。

燃え残っている商家の屋根が、炎で真っ赤に照らされていた。それに炙られるように、女子供が逃げまどう。

最早、悲鳴すらもない、異様に寡黙な人群れだった。防空頭巾を脱いだ子供が面白いものでも見るように、巨大な銀の腹を持つB29の姿を見上げる。

男はいない。屋久島だけだ。その中を彼は妻に引かれて、蹌踉めきながら走っていく。

「一緒にお城に逃げましょう」

喘ぐ屋久島の耳元で、優しい声が囁いた。

「そうすれば助かる。米兵だって、皇居に爆弾落としやしないわ」

珠恵は怯える素振りも見せず、むしろ生き生きとした笑顔を見せた。

「爆弾はね、絶対に、私達の上には落ちないの」

彼女は強く頷いた。

どこに確信があったのか。いいや、確信などではなかった。珠恵はそれを本当に、心から信じていたのであった。

戦争の終わる夢。もう一度、綺麗に着飾って、墨堤の桜を愛でる夢――。

彼女はそれしか見ていなかった。

焼け爛れた景色の中で、病身の夫を抱きかかえ、非国民と言われるような、そんな夢しか見ていない。

決して、強いからではなかった。珠恵は弱い。だが、屋久島もこの現実を真っ正面から直視することは吐わなかった。

――「いいから、俺を放って逃げろ」

自分はただの足手まといだ。

わかっていても、屋久島はついにそれを言い出せなかった。

珠恵の支えがなければもう、逃げられないのはわかっていた。腕を放せば、自分は死ぬ。確実に。確実に。

――怖かった。

「一緒に皇居に逃げましょう」

微笑むばかりの女の腕に、屋久島は痩せた腕を絡めた。

「ああ、一緒に」

女の腕に、屋久島は強く縋りつく。

巻き上がる炎の色を受け、紅色に輝く線路の向こう、東京駅がぼんやり浮かんだ。

ふたりは一心にそこを目指した。

駅の中は通れるだろうか。それとも近くの線路を渡り、向うに出たほうが早いのか。

迷い、駅を見上げた刹那――東京駅は一瞬にして、猛火に包まれたのだった。

悲鳴が聞こえた。

B29のエンジン音と焼夷弾の落下音が、炎と共に虚空を圧する。

妻と屋久島の腕が離れた。

「あなたっ」

黒煙が妻を隠した。

「珠恵！」

「どこ？　どこ？　離れないでよ。一緒に、あなた！　どこにいるのよ!?」

火の粉がすべてを覆い尽くした。

妻の声は、ただの悲鳴に変わった。そうして……。

屋久島はひどい火傷を負った。

それでもまだ命は尽きず、数日後、彼は憔悴しきった妻と漸く再会を果たした。しかし、

（珠恵の心は毀れていたんだ）

黒い皇居の水を見つめて、屋久島は暗澹たる思いに捉われた。

顔に火傷を負った自分を、珠恵は夫と認めなかった。いくら「俺は帰ってきた」と声を大きくして叫んでも、珠恵は聞きやしなかったのだ。そして「道に迷ってるのよ」と、しるべ石に貼り紙をして、瓦礫の山を踏み越えて、毎日毎日、心の中の夫の姿を捜し求めた。

（彼女は弱かったのだ）

戦争を直視していれば、おかしくなる余裕などなかったはずだ。けれども彼女は現実から、目を背け続けた。そうして遂に逃げ切れず、突きつけられた現実からも、徹底的に視線を逸らした。

終戦が来ても、昭和が終わっても、それは生涯変わらない。

（そうだ、生涯変わらなかったよ）

屋久島は珠恵を窺った。

彼女はもう声を納めて、ぼんやり皇居を見上げている。

紬の着物と桃色の草履が、闇の中に浮かんで見える。珠恵のお気に入りの格好だ。夫と再会したときに、老けたなんて言われないよう、彼女はいつも念入りに支度を整え、外出したのだ。

屋久島はそれを凝視した。

唇が乾き、ひきつった。

言いたいことがあった。言いたくはない。だが、言わなければ——。

屋久島は唇を濡らして、口を開いた。

「お前……もう死んでいるんだろう？」

答えは返ってこなかった。

彼女は皇居からゆっくりと屋久島の方に視線を移し、婉然とした顔で笑った。

肯定でも否定でもない、美しい顔。

その顔を見て、屋久島は再度、どうしようもない寒気を感じた。

(どうして、今まで忘れていたのか)

珠恵は去年、死んだのだ。

一石橋のしるべ石に願掛けの紙を貼りに行き、心筋梗塞を起こして倒れた。人通りの少ない場所だったから、通行人が発見するまで、やや暫く時間がかかった。

（発見されたときは、もう……）

徐々に冷たくなっていく己の肉体をも、珠恵の心は認識できなかったのか。それともあの空襲以来、妻の魂は肉体をとうに遊離していたのだろうか。

いずれにせよ。

亡き妻を偲び、しるべ石に来た夫の姿を珠恵は見いだしたのである。

――死して、初めて。

「お前、もう死んでいるんだよ」

力の抜けていくような恐怖と驚愕を必死で堪え、屋久島は再び呟いた。珠恵は彼を促すように、再び穏やかに歩き始める。

「死んで迷っている人に、あなたはもう死んでるのって説得するのは難しいわね。まるで迷子の子供のようよ。じっとしてれば、誰かが迎えに来てくれるのに、あっちをウロウロ、こっちをウロウロ。そのうち、本当に自分の居場所を見失ってしまうのよ」

相変わらず声は明朗に、闇の中に響きわたった。

「珠恵？」

彼女は知っているのか。それとも肉体を無くした今も、心は毀れたままなのか。

あっちをウロウロ、こっちをウロウロ。

今の彼女の姿こそ、迷った心の果てであるのに。

「東京の地下に棲む蝦蟇に、取り殺されたの」

「お前が、か？」

いやにシャンとした背中を見ながら、屋久島は語尾を震わせた。またもや珠恵は答えない。答えないまま、彼女は静かに、確信に満ちた指先で皇居の石垣を指さした。

「ホラ、見て」

ゆらり。

二重橋濠に、青白い光が走った気がした。

ぬらぬらと石垣が輝いている。

その輝きが細かい粒子に凝固して、ほろり、ほろり、蛍のごとく石から剝離（はくり）し、宙に漂う。

「あれは、何だ」

「髑髏（しゃれこうべ）」

吐息のごとく、女は答えた。

冷たい燐火（りんか）が水を渡って、徐々にこちらに迫ってきた。濡れた石垣はその背後、闇にも紛れぬ陰影を深く自身に刻んで曝す。現れた姿は、

――しゃれこうべ。

「あれは、何だよ!?」

屋久島は掠れた声を張り上げた。

珠恵は指をさしたまま、ちらりと笑んで答えを返す。

「お父さんから聞かなかったの？　ここは昔、海沿いの細い谷筋だったのよ。じめじめとした死体捨て場で、それはもう沢山、骨があったの。だからここにお城が建ったの。人柱よね。気の毒に。きっとまだ沢山、埋まっているわ。きっとまだ、蝦蟇も沢山いるのよ」

「珠恵」

「ええ、本当に。東京は沢山の人が死んでいる。殺されている」

もろり。

石垣の影が崩れた。

水音もなく、骨片が濠の中へと落ちていく。

水に白い跡を残して、鴨が近づき、羽ばたいた。そうして沈む骨片を銜え、砕いて、ぐびりと呑み込む。

青首が蛇のごとくに光った。

瞳も青い。

そこから新たな燐光が飛び立ち、舞い立ち、近づいてくる。

屋久島を目指して、近づいてくる。

屋久島は絶句し、躙り下がった。鴨が一斉に彼を睨んだ。

違う。鴨ではない——人の顔。

「うわあ……」

間の抜けた悲鳴が口から零れた。青い火が袖口に吸いついてくる。それを合図にしたように、ふるい落とす暇すらなく、燐火が彼に降りかかる。

死火。鬼火。

纏った火を受け、周囲の景色がぼうっと光り輝いた。

「やめてくれ！」

「聞いていないわよ」

珠恵は子供の悪戯を見ているような声を出す。そして、火の粉を払おうと奇妙な踊りを踊る男の前で、悠長に蝦蟇の話を続けた。

「人に仇を為す蝦蟇はねえ。普通の蝦蟇と違っていて、女が礼をするように、親指をこう……体の内に向けているのですってよ」

ゆうるりと、女は結い上げた頭を下げた。宙に据え置かれたように、曲げられた腕が気味悪い。

袖口から、肘までが覗いて見えた。

その色が燐の火を受けて、雪よりも白く思われる。

「お前は」

屋久島は四肢を震わせた。

「お前はもう死んでいるんだ！」

懇願に近い絶叫だった。

聞いてくれ。頼む、わかってくれ。現実にしっかり、目を向けてくれ。

屋久島は必死になって叫んだ。

声に応じたようにして、珠恵が下げた頭を上げた。

「死んでる？　誰が」

お前が、だ。

言葉は声にならずに終わった。

珠恵は変わり果てていた。既に妻の顔ではなかった。そして人の顔とも違う。

屋久島は目を見開いた。

その視線と、妻だった「何か」の間に、小雪のように燐火が降って落ちていく。

蝦蟇に取り憑かれたのか。それとも現実を見ずに終わった彼女の心は、死してのちまで、彼女を呪縛し続けるのか。

黄泉(よみ)の入り口がぼんやりと、後ろで口を開いた気がした。

「私と一緒に行きましょう」

声ばかりが珠恵のままである。

「俺は」

屋久島の声が掠れた。女はそんな男の恐怖を楽しむように、

「ねえ、行きましょう？」

這(は)い蹲(つくば)った形の片手を、蛇のようにするりと伸ばした。

妻であった女の手である。一度は縋りついた手だ。しかし、

屋久島はひどい悲鳴を上げた。

弾(はじ)かれたように駆け出すと、水鳥が一斉に羽ばたいた。

ひよ。ひよ。ひよ。ひよ。

怨嗟(えんさ)の声に似た、黒い翼の風を切る音。

「ねえ、行きましょう」

それに紛れることもなく、女の声が絡んでくる。

声だけがついてきているのか。それとも肉体も離れずに、屋久島のあとを追っているのか。

(いいや。肉体なんかない)

屋久島は夜の濠を走った。

つきまとう燐火は離れもせずに、屋久島の体を光らせる。彼の走る道のあとには、降り散らかされた青い火が軌跡を描いているに違いない。

その跡を辿り、確実に声は距離を詰めてくる。

「あなた、一緒に行きましょう」

追いつかれたらお終いだ。

共に地獄に引きずり込まれる。

屋久島はあとも見ずに走った。

わかっていないわけではなかった。珠恵は自分の妻だった女だ。追ってくる女はその果てだ。

逃げる屋久島の心の中に、僅かな悲しみがある。だけど、どうしようもない恐怖の前には、その感情は偽善に近い。

(珠恵は死んだ)

怖かった。

死んだ女の魂が、捩れたままなのが恐ろしかった。

そしてそれよりも、自分自身が死ぬということが恐ろしい。

魂とは一体、何なのか。

（現実を見なかった心は、一体……）

突然に、周囲が静まり返った。

屋久島はそれに気がついて、駆け出す足を思わず緩めた。

闇が深まったようだった。

時を刻む振り子のように、再び眩暈が蘇り、次いで静かに静止する。

それに促されるように、彼は頭上の空を見上げた。

暗いと思ったのは気のせいだった。そして静寂も気のせいだった。

低い唸りと、空中を切り裂く笛の音のような落下音が、炎が、空を圧していく。

目の前にあった皇居の景色が突然、岩盤が砕けるがごとく、ガラガラ崩れて火を噴き出した。

（東京駅）

いや、煉瓦色した爬虫類のような巨大な——何か。

「あなた！」

声に振り向けば、炎の中、珠恵が走ってきていた。一旦、離れたふたりの指をもう一度、繋ごうと駆けてきていた。

「ま、まやかしだ」

「あなた。一緒に」

「まやかしだ！」

風に巻かれた火の玉が、眼前に転がり落ちてきた。

巨大な髑髏。

火の中で、数多の人が剥き出しの顎に喰われて潰え果てていく。

屋久島はそこから視線を剥がし、再び懸命に足を速めた。

皇居に背を向けて駆け出すと、紅蓮の炎の隙間から、変わらぬ青い燐の火が、屋久島の四肢に絡みつく。

赤い炎に青い燐。

二重橋。馬場先門。鍛冶橋門。

地から湧き出た髑髏の群れが、行き先を虚ろな目で制している。

「ここは、どこだ？」

いつの時代だ。屋久島にはもう、わからなかった。

「迷っているのよ」

後ろから、珠恵の声が囁きかける。

「あなたとはぐれてしまってから、私、随分、捜したの。オッチョコチョイのあなたのことだから、道に迷っているんじゃないかと思ってね。しるべ石にも書いたのよ」

「あれは」

剝がれかけたあの貼り紙に記された名は、そう、自分の名だ。

「あなたは江戸時代の遺物だって笑ったけど、他に手段がなかったの」

（わかる。それはわかる。だが……）

「お前はもう、死んでいるんだ。なぜわからない!?」

耐えきれず、屋久島はついに振り向いた。

途端、戦火は幻と消え、隧道のような暗がりが屋久島の周囲を包み込む。彼の体に付着していた燐火がひとつ、ふわりと飛んだ。

景色が微かに明らかになる。

地下道じみた周囲の闇に、蝦蟇が無数に貼りついていた。そして桃色の草履を履いた、珠恵の姿が……。

今度こそ、屋久島は絶叫した。

蝦蟇がボウッと青い火を吐く。

その明かりに照らされた彼女の体は腐り爛れて、妻でも人でも蝦蟇ですらない、奇怪な腐敗物に成り果てていた。

「あなた……」

腐乱した組織からじくじくと、緑色の膿が滲み出ていた。その汚物を身に絡め、女の皮膚から蝦蟇が這い出す。

青い火が燃えた。

珠恵の目玉が腐った卵のごとくに溶け落ち、地面に当たって無惨に潰れた。

「あなた、お願い……」

伸ばされる腕から、骨が見えていた。

「一緒に来てよ……」

もの言う口の肉が削げ、笑った口が異様に大きい。

躙り下がり、屋久島は踵を返した。

今度こそ、もう振り向けない。

「待って」

妻が迫ってくる。違う。亡者が生者の魂をひきずりこもうと追ってくるのだ。

「すべては夢だ。夢なんだ！」

屋久島は叫んだ。

暗闇は曲がりくねり、隧道はいつ果てるともわからない。

ここは黄泉津平坂か。それとも皇居の周辺なのか。

(どちらでもいい。逃げるんだ)

逃げなければ、現世の自分の命は終わってしまう。

彼は女の足音に耳を塞いで、ひたすら走った。

蝦蟇が足下に絡みつく。

(夢だ)

鬼火が身を飾る。

(夢だ)

夢だ。夢だ。夢――。

そうしてどこをどのように、どれくらいの時間、走ったか。

気づくと屋久島は一石橋のしるべ石の側まで来ていた。

アスファルトの道路の上を、一台の車が走って過ぎた。高速道路の高架の上から、姿の見えないトラックが音を立てて過ぎていく。

屋久島は目をしばたたいた。

しるべ石のフェンスがあった。日本橋川が黒々と、息を殺して流れている。

彼は長い息を吐き、錆びたフェンスに凭(もた)れかかった。

風景はまだ、何となく青い光を帯びてはいたが、それは多分、疲労した神経のなせる幻覚だろう。

珠恵の姿はもう、見えない。蝦蟇もいない。髑髏もいない。

「は、ははは……」

屋久島は顔を覆って、小さく笑った。

生き延びたという安堵があった。けれども、その安心は考えてみれば滑稽だった。

妻に先立たれ、たったひとりで生き残って何になるのか。自分の言葉を聞きもしない家族相手に、これから先、ずっと孤独に暮らしていくのか。

(いいや。珠恵も結局は、俺のことなど見なかった)

同じだ。

だけど。

いいや、同じだ。

(俺は生きたかったのだ)

彼は思った。

生きて、生きて。色んな事をやり遂げたいんだ。死にたくはない。

「まだ、絶対に死にたくはない……」

ふらりと痩身を泳がせて、屋久島は川縁に佇んだ。

陰気臭い水の面に、自分の影がぼんやり映る。

焼けただれた顔が水面に映った。

ぼろぼろに焦げた服を纏った、病に冒された青年の——。

屋久島は激しく瞬きをした。

歪んだ映像が、かき消える。

水は何も映していなかった。

誰も、映していなかった。

そう。初めから。

あの炎に焼かれたときから、屋久島はもう。

（自分は、もう）

「……だから、一緒に行きましょう」

珠恵の声が微かに聞こえた。

屋久島の身が青く燃え立つ。

「あなた」

「──」

「あなた、どこ？」

「やめろ。俺は死にたくない」

「あなた……」

「うわああ」

うわあぁぁぁぁぁぁぁぁ──

手を振り払い、男は逃げる。
あっちをウロウロ。こっちをウロウロ。

しるべ石から皇居まで。
ふたつの青い鬼火が飛んだ。

(光文社文庫『美しい家』に収録)

赤い月、廃駅の上に

有栖川有栖

その十七歳の少年は――

いや、義務教育を修めているのに、少年は変か。

しかし、人を殺した十九歳の男は少年と呼ばれる。それならば、十七歳の彼は立派な少年だろう。といっても、彼は人殺しではない。

ああ、出だしから躓いた。

少年ということにして、書き進めよう。

五月の半ば。

少年は愛用のクロスバイクで旅に出た。大型連休が終わり、この次は七月まで祝日がないことをぼやきつつ学校へ行くべき時期だったが、一年生の秋から不登校を続けている彼には関係がなかった。

少年なんて呼ばず、彼と書けばよかったのか。馬鹿みたいだ。

彼が学校に行かなくなった理由など、どうでもいい。いや、それでは投げやりすぎる。教師や級友らと、円滑なコミュニケーションができなくなったため、とだけ書いておく。

両親は、一人息子の登校拒否に落胆しただろう。しかし、事態がさらに悪化することを恐れたのか、「しばらく好きにしなさい。自分を見つめ直すのもいい」と、腫れ物に触るように接した。

終日部屋にひきこもり、ゲームやネット三昧というタイプではなかったから、昼間は街に出てぶらついた。公園のベンチや図書館で何時間も過ごし、ファストフード店でコーラを飲みながら学校帰りの女子高生をぼんやり眺めたりし、日が暮れる頃には家に帰った。

夜は、音楽を聴きながら小説を書いた。自分でも面白いのか面白くないのか判らないようなものしか書けなかったが、人に会わずにすむというだけで、小説家になれたらな、としばしば夢想した。

それだけでは退屈すぎる。高校に進学した祝いに父親がプレゼントしてくれたクロスバイクに乗り、月に一度は遠出をした。短い時で二日、長い時には一週間ほど。旅先で無茶をしないようにと、母親は充分すぎるほどの小遣いを与えた。毎日欠かさず電話を入れることを条件に。

自宅からペダルを漕ぎだすこともあれば、目的地近くに自転車を送っておき、寄り道をしながら家に戻ることもあった。道中、彼は心からの開放感にひたり、行きずりの人たちと言葉を交わすことを楽しんだ。

対人関係がうまくいかずに学校を去った彼だが、見知らぬ人間とは不思議なくらい気軽に話すことができた。道端に咲いた花を見ては、「あれは何というんですか？」と近くにいた老人に尋ね、乳母車の幼児が手を振れば「可愛いお子さんですね」と母親に愛想を言った。誰も自分を知らない国に行けたらな、と希いながら、その希望がすぐにはかなわないから、自転車旅行を繰り返したのだ。

五月の半ばといえば、緑が最も美しく、風に吹かれるだけで幸せになれる季節だ。彼は、一週間ほど家を空けることにした。父親は、旅が息子によい影響を及ぼしていると感じているらしく、笑って頷いた。母親は、なるべく早く帰ってくるように、と強く言った。「近頃は物騒だから」という口癖とともに。

彼は、これまでで最も遠くに自転車を発送した。帰り道でへばりそうな気もしたが、その場合はサイクル便で自宅へ自転車を送り、電車に乗ればすむ。

発つ前日は、てきぱきと荷物をリュックに詰め、地図を確かめてから早めに寝た。

何が見たかったわけでもない。これまで馴染みがない地方を選んだだけだ。

海沿いの小都市から出発し、国道を走って山を越え、盆地の町で一泊する。翌日は、清流を右手に見ながら山襞(やまひだ)の奥へ。きつい峠もあるが、これまでの旅で自分の脚力がどれほどのものかは判っていたので、それほど無理のあるルートではなかった。三日目は山中の温泉宿に泊まり、さらに南を目指す。そこまできたら下ることが多くなり、行程はしだいに楽になるのだ。

二日目の夕方、山中で大粒の雨に打たれたのはつらかったが、ほぼ計画どおりに旅は続いた。朝八時に出発し、六時には宿に落ち着く。その繰り返し。峠越えがあるので、一日の走行距離は三十キロ以内に収めたのが正解だったらしい。ひと晩寝たら、いつも疲れはきれいに消えていた。

人との出会いが乏しかったことだけが、物足りなかった。初日に立ち寄った神社で掃除をしていた宮司と会話を交わし、「気をつけていきなさい」とお守りやお札をもらったぐらいで、ろくに口をきいていない。山道を走るのだからやむを得ないとはいえ、人恋しさに駆られてしまい、宿では「おしゃべりなお客さんだぁ」と笑われた。

旅の間は、ずっと大学生と称した。童顔の十九歳を演じたわけだ。話好きと思われたせいで、宿の主人の晩酌に誘われもした。ビールをコップ半分だけ飲むと、顔が火照(ほて)った。

「未成年にアルコールを勧めて、悪いことしました。申し訳ない」

詫(わ)びながらも、白髪頭の主人はにこにこ笑っていた。

「明日(あした)もたっぷり走りなさるんでしょう。無理に付き合わんでください。まぁ、お天気はよさそうですけれど」

半開きの窓から、満月に近い月が覗(のぞ)いていた。夜空には雲がなく、星がよく見える。

「ほんのり赤いな」

「そうですね」と相槌(あいづち)を打った。

主人はコップを片手に、月を見上げる。

「空気中の塵(ちり)やら何やらの加減で、あんな色になるんでしょうな。もっと赤くなったら、ここらへんではダイダイ月とか鬼月とか言います」

「ダイダイって……ああ、橙色(だいだいいろ)の橙ですか。鬼月というのは、鬼の月？」

「そうです。恐ろしげな名前でしょう。邪気を招くというて、縁起がよくないとされる月です」

「悪いことの前触れですか？」

「よろしくないものがくるので、家の外に出るなとか言われています。古い迷信ですよ。それでも田舎のことですから、気にする人もおります」

「そうですか。僕は外に出たりせず、早寝するから大丈夫ですね」

「まだ平気ですよ。鬼月というのは、あんなもんではない。真っ赤な月のことですから。――早寝のお邪魔をしてはいかん。どうも失礼しました」

父親よりひと回りも年長の主人と一時間ばかりも話し込んだ。彼は、そのことに満足して床に就いた。

四日目の朝。

宿を発ち、峠道を下っている時、彼の心境に変化が生まれた。

学校に戻る気にはなれないが、遊んでばかりいるのも居心地がよくない。とりあえずアルバイトでも始めてみたくなった。一人旅のおかげで、失っていた自信が回復してきたらしい。他人に共感し、自分の気持ちをさらす力が強まったのだ。

――仕事を探そう。

そう思うと早く家に帰りたくなってきたが、その前にすることがあった。今の旅をしっかり味わうことだ。まだゴールへの道のりは遠いし、今夜はちょっとした冒険を計画している。

二時過ぎに、国道沿いのレストランで遅めの昼食をとった。寂(さび)れた店ではあったけれど、出てきたカツ丼があまりにおいしくて驚いた。食べ終わってからテーブルに地図を広げ、指でなぞりながらこの先の道を確かめる。

「そのあたりには何もないよ」

水を注ぎにきた女主人が言った。無愛想だったので話しかけなかったのだが、実は世話好きらしい。

「汽車、こなくなったから。その地図、古いね」

彼女は腰に片手をやって、地図を見下ろしている。

「これ、家にたまたまあった地図なんです。十年以上前のかな。電車が廃線になったのは知っています」

「そうか。自転車で旅行してるんだから、汽車に用はないね。でも、駅の場所を探してるみたいだったけれど」

「駅に用があるんです」

「あそこは……」

言いにくそうにしたので、彼はこっくり頷いた。

「それも知っています。男が一人で行くところじゃないみたいですね。でも、ちょっと見てみたいんです。物好きなんで」

「見たって面白くも可笑しくもないと思うけれど。最近はアベックもこなくなったらしいしね」

女主人は、彼の母親と同世代だろうか。母親もアベックという言葉をよく使った。

「本当に何もないからね。ジュースの販売機もないからね」

よせばいいのに、と言いたげな女主人に見送られて、またペダルを漕ぎだした。道はほとんど平坦になり、スピードが上がる。風が顔にぶつかった。

一時間ほど行くと杉木立が疎らになってきて、田植えがすんだばかりの里山の風景が見えてくる。ひらひらと舞う蝶々の白や黄色が、緑の中に映えていた。

コンクリート橋の上で自転車を止め、光がまぶしく乱反射する水面を見ているうちに、川原に下りてみたくなる。清流だった。せせらぎの底で女の髪のような水草がゆらぐのを眺めているうちに、瞼が重くなってきた。瀬音と疲労が睡魔を呼び込む。柔らかな草叢をベッドに木陰で横たわり、誰に遠慮することもなく眠った。

目が覚めると、太陽は随分と低くなっていた。二時間が過ぎていることに驚いてから、自転車に跨った。

五時半を過ぎて、町に着いた。たいていの住民の顔と名前が一致しそうな規模の町だったが、山越えをしてきた目には賑やかに映る。時代遅れの町並みが懐かしさを誘ったので、火の見櫓や錆びた看板、塀の上で丸まった猫にカメラを向け、立て続けにシャッターを切った。

コンビニ風の食品店があったので、ジュースと菓子類、そして夕食用の鮭弁当を調達した。今夜は宿に泊まらない。明るいうちに目的地にたどり着くため、六時には町を離れることにした。

ポストが立つ角を左に折れ、西へ走っていくと、道はうねうねと曲がり、人家がなくなっていく。駅に向かっているというのに、淋しくなるばかりだ。

二十分ほど走っただろうか。さっきの川が蛇行して、前方にまた現われた。橋を渡ると、廃線跡があった。レールは撤去されており、砂利の隙間から雑草が生えていて、緑の道のようだ。ゆるやかにカーブしたその道の先に、木造の駅舎とホームが見えた。周囲にはろくに民家がない。何軒か平屋が建っていたが、近づいてみたらどれも空家だ。

――本当に何もない。

列車が通わなくなったのだから、人の気配がないのも当然だが、もともと鉄道は町から離れたところを走っていた。奇異な感じがした。

自転車を降りて、まずは駅舎を正面から眺めてみる。捨てられて十年近くがたつから荒れてはいるものの、町はずれに位置するローカル線の駅としては意外に立派だ。しかし、切妻屋根の建物全体が心持ち左に傾いているようでもあった。窓ガラスが割れたりはしていなかったが、ひどく汚れていて、中が見えないほどだ。

駅舎に入る前に、右手のトイレに向かった。ずっと尿意をこらえていたのだ。相当の覚悟をしていたので顔をしかめることもなかったが、いかにも不潔な有様で、湿って澱んだ空気が不快だった。自分が望んでやってきたのだから、誰に文句を言う筋合いでもない。もちろんのこと洗面台の蛇口を捻っても水は出なかったが、側溝を山かららの湧き水が流れていたので、屈んで手を洗った。

手を拭い、いよいよ駅舎に入る。すぐ右手が待合室、その奥が出札窓口だ。中に一歩踏み込むなり、「ああ……」と声が出た。

壁一面に色とりどりの短冊やらハンカチが貼りつけられていることは、雑誌の写真で見て知っていたが、これほどの量だったとは。テレビでも紹介されたことがあるので、その後に大勢のカップルがやってきたのだろう。

壁に寄って、いくつかの短冊に記されたメッセージを読んでみた。

〈永遠の愛を誓って…… 毅×由里華〉

〈健介&みさと いつまでも♡〉

〈カズ LOVE クミ〉

似たようなことが書いてある。ハンカチには、相合傘が目立った。

〈幸せ〉という言葉も、浅ましいまでに氾濫している。苦笑したくなった。

五年ほど前、この小駅にカップルでやってきて、愛のメッセージを残すのが流行した。駅名が、恋人たちを祝福しているかのように解釈できなくもないからだ。二人でここにきて、永遠の愛を祈れば幸福になれる。本気で信じる者はいなかっただろうが、ドライブデートで立ち寄るには面白い、と思うカップルが大勢いたのだ。近辺にはろくに観光スポットがないことも、かえってプラスに作用した。メッセージのためだけにわざわざ赴く、というのが一興だったらしい。ガールフレンドを持ったこともない彼にはよく理解できなかったが、珍しい光景であることは間違いない。カメラに何枚か収めた。

改札口をくぐってホームに出た。腰に微かに痛みがあったので、大きく伸びをする。日が落ちる寸前で、西の空はもう暗くなりかけていた。鴉の声が、侘しく聞こえている。こんなところに泊まるのが怖くなってきたが、今さら予定を変更できない。廃駅で一夜を過ごすぐらい冒険でもないぞ、と自分を鼓舞した。

今日はまだ母親に電話を入れていなかったので、携帯を取り出したが、バッテリーが切れている。昨夜、充電するのを忘れていた。うっかりかけそびれることもあるから、ひと晩ぐらい連絡が抜けても心配はしないだろう。

文字が剝げかけた駅名標や、暇だったであろう駅員が作った花壇の跡を写真に撮ってから、駅舎に引っ込んだ。たちまち黄昏が迫って、仄かに暗い。電気も点かないのだから、夜がくれば月明かりが射すだけになる。恐ろしくなったらラジオを鳴らしたまま寝よう、と思った。

リュックから食料を出し、窓口脇のテーブルに並べていた時、遠くからオートバイのエンジン音が近づいてきた。流行からずれたカップルがやってきたのか？　だとしたら、自分が邪魔者になってしまうかもしれない。うれしくないな、と思っているとバイクが止まり、ヘルメットを右手にした男が入ってきた。

「あ、こんにちは」

先客がいるのに少し驚いた様子を見せながらも、気さくに声をかけてくれる。年の頃は三十前後か。肩幅が広く、がっちりした体形だ。ジーンズ地のジャケットを羽織り、左肩には大きなショルダーバッグを提げていた。

「おや、君も男一人？」

訊かれて「はい」とだけ答えた。

「廃線マニアの鉄ちゃんなのかな？」

「いいえ。自転車で旅行している途中に寄っただけです」

「そういえば、カッコいいマウンテンバイクがあったな」

「クロスバイクです。スポーツタイプだから、MTBっぽいけれど」

「どこが違うの？　俺、詳しくないんだ」

男はバッグを足許に置き、ぱっちりとした目で、きょろきょろと駅舎内を眺める。ここの様子を知っていたのか、感嘆した様子もなかった。

「説明しにくいんです。マウンテンバイクとロードレーサーの中間タイプだから、クロスバイクっていうらしいんだけれど。いいとこ取りしたバイクです」

「あれで何段変速？」

「八段です。よく走りますよ。タイヤは軽いし」

「ふぅん、自転車野郎か」

「オートバイ野郎なんですか？」

「いいや。バイク……というと本当は自転車の意味だからオートバイって言わなきゃまずいのか。とにかく、そっちじゃないんだ。どっちかと言えば、鉄ちゃんかな」

テンポよく会話ができて面白い。

「自分が廃線マニアだったんですね」

「というのでもない。座って話そうか。待合室がある。けっこう広そうだ」

男はそう言いながら、ガラス戸をからりと開いた。東と南に面した窓際に長いベンチがあり、中央には錆びた達磨ストーブが放置されていた。そして、待合室の外ほどではないが壁にはやはり一面のメッセージ。

「ここにも惚気た文句がたくさん貼ってあるな。さすがは〈愛の駅〉だ。彼女いない歴三十一年の男にはこたえるぜ。——君、幸福駅って知ってるかい？」

「聞いたことがあります。北海道でしたっけ？」

「そう。二十年ぐらい前になくなった広尾線に愛国駅だの幸福駅だのがあって、そこの切符が縁起もの扱いされたことがあったんだよね。愛の国から幸福へ、というわけさ。大ブームで、一年間に三百万枚売れたこともあったらしい。国鉄がJRになる直前になくなったんだけれど、廃線になった後も車で立ち寄る人間が大勢いて、自分の名刺やなんかを記念に貼りつけていった。それに倣って、ここでもぺたぺたやるんだろう。神社やお寺の千社札の感覚かな」

男は造りつけのベンチにバッグを置いて、煙草をくわえた。佐光と名乗る。

「でかいリュックを持ってるね。もしかして、寝袋が入ってる？」

「はい」

「駅寝するんだ。若いねぇ。いくつなの？」

旅に出て初めて、正直に答えた。学校に行っていないことも。佐光は「ふぅん」と煙を吐く。

「人生色々あるからね。学校に行かずに自転車旅行もいいんじゃないの。でも、朝まで長いよ。退屈しちゃうよ」

「長いですね。ここに早くきすぎたかも」

「かといって、夜が更けてからきたら無気味で泊まる気が萎えたかもね」

佐光は目を細めて何か考えていた。やがて、膝を乗り出して尋ねる。

「俺もここで駅寝するって言ったら、嫌かな？　どこにも宿を取ってないし、突然、そうしたくなったんだけれど、君が少しでも迷惑だったらよそう」

瞬時、迷った。予期しない展開なので、迷惑かどうかも判らない。小さな冒険が冒険でなくなる気がしたが、佐光からは好印象を受けたし、ハプニングを楽しむのもいいかもしれない。それに、独りで駅に寝ることには不安もあったので、佐光のような男が一緒にいたら用心がいい。

「僕はかまいません」

「じゃあ、友だちだ。よろしく」

求められて、握手した。

「本当に迷惑じゃないね？」

「はい。正直なところ、二人の方が安心です」

「それはそうだ。夜中、変な連中の集会所になっている駅もあるものね。見たところ、ここは大丈夫らしいけれど。英語には〈間違った時に間違った場所に居合わす〉という言い回しがある。よくないものと鉢合わせしたら災難だ」

佐光が言うとおりだ。運が悪かった、ではすまない。

「そうと決まれば、いったん町まで戻って飲み食いするものを買ってくるわ。今だったら、まだ店が開いてるだろう。君は欲しいものがない？　ないのね」

佐光はバッグを残したまま待合室を出て、慌ただしくオートバイで去った。

戻ってきたのは、四十分後だ。駅舎は、夜に呑み込まれつつあった。心細くなりかけていたので、佐光が入ってくるとほっとした。独りで駅寝する覚悟はすっかり消えていたのだ。

「お待たせ。いやぁ、今日は一日中うろうろしたから腹へった。晩飯にしよう。俺は大人だから、失礼してビールなんか飲むよ。つまみは君もおやつ代わりに食べて」

二人で夕食をとった。暗がりの中のディナーだったが、存外に窓のあたりは明るい。満月のおかげだった。

「佐光さん、お仕事は何をしているんですか？」

「フリーのライター。雑誌に色んなものを書いてる。匿名原稿ばっかりだけどさ。女の子向けのおいしいスイーツ食べ歩きからオヤジ向けのエッチな記事まで。違うものが書きたいから、このあたりに取材にきたんだ」

「廃線を歩く、とか？」

「それだけなら、ありがちだ。もう少し変わったテーマを調べている。鉄道忌避伝説についてなんだけれど、そう聞いて何のことか判る？」

首を振った。

「だよね。えーと……この駅って、町からえらく遠いと思わない？　遠いよね。昔は駅前から町までバスが出ていたぐらいだもの。不便でしょうがないわ。だけど、こういう駅って、全国のあちこちにあるんだよ。東海道本線でいうと、神奈川県の藤沢だの愛知県の岡崎だの滋賀県の近江八幡だの。町の中心であるべき駅が、市街地から離れているケースがままある」

鉄道忌避とは、そういうことか。それならば、彼にも聞き覚えがあった。

「知ってます。それって、鉄道にきてもらいたくないって町の人が拒んだ結果なんですよね。鉄道ができた当時はみんな無知だったから、そんなものが通ったら汽車の煙で洗濯物が汚れるとか、うるさいとか」

佐光はつまみの柿ピーナッツをかじりながら頷いた。

「煤煙で稲や桑がダメージを受けるとか、騒音で牛の乳が出なくなるとか、汽車が宿場町で働く車夫らの仕事を奪う、とかね。佐賀県の伊万里駅っていうのも、町と駅が遠いんだ。あれなんか、振動で焼き物が割れてしまうから、町はずれに鉄道を通したかのように言われている」

「かのようにということは、本当は違うんですか？」

「確たる記録がない。ないのに、みんな言うんだ。かつて誤解から『鉄道なんてくるな』と避けたせいで、便のよくないところに駅ができてしまった。町の発展が阻害された。町が衰退してしまった。よく言われることだけれど、これはどうやら伝説らしい。鉄道が町はずれを通ったのは、地形上の制約による場合が多くて、住民が嫌がったわけじゃない。それなのに鉄道忌避伝説が広まっているのは、鉄道史の不備によるわけ。町が寂れた理由が欲しくて、『ご先祖に先見の明がなかったせいだ』と考えたがる傾向もありそうだ。郷土史家が思いつきで書いたことが一人歩きして、お役所が編纂（へんさん）する本に事実として記載されてしまうんだな。文章を書く人間として、考えさせられるものがある」

フリーライターの舌は滑らかだった。

「鉄道忌避は単なる風説みたいなもので、実際に『鉄道なんてくるな』という反対運動が大衆の側にあったわけじゃないらしい。だから、鉄道忌避伝説というわけ」

佐光は、それを実証するためにここまでオートバイでやってきたのか。ご苦労なことだ。意味のある調査なのかもしれないが、どうにも地味に感じられた。

「ここの場合も、地形が原因でこんなところに駅ができたんですか？」

「うん、そこなんだ」

佐光は、歯茎を見せて笑う。

「鉄道忌避伝説については、すでに研究を本にまとめた人もいる。俺なんかは、それを読んで興味を持った口さ。そこに屋上屋を架そうとは思わない。ただね、ここは様子が変わっているんだ。開通したのは明治四十年なんだけれど、鉄道敷設が決まるなり住民が激しい反対運動を起こしている。『わが町に乗り入れることは罷（まか）りならん』と。その理由がどうもはっきりしない」

ライターは缶ビールを飲む。

「文明の利器、陸蒸気の便利さは知られだしていたから、頑なに拒まなくてもよさそうなものなのに、住民らはひどく鉄道を嫌った。断片的ながら記録も残っているよ。その反対運動のおかげで用地買収がうまく進まず、鉄道局が折れてルートが変更になったんだそうだ。何か深い理由がありそうじゃないの。そう思わない？」

「佐光さんのお話がうまいから、気になってきました」

「俺、聞いたんだよね」

思わせぶりに言う。

「理由を、ですか？」

「うん。実は、俺は鉄ちゃんというわけでもないから、こんなローカル線のことはよく知らなかった。名前がロマンティックなのでカップルに人気がある、という噂は耳にしていたけれど、町から離れたところにあるという知識はなかったよ。それが一年ほど前、この町出身の爺さんとある取材で知り合って、おかしな話を仕入れた。たまたまこの駅のことが話題に上ったので、相手がふと洩らしたんだな。『あの町は鉄道を毛嫌いして避けたのに、そこの駅が人気を集めるとは皮肉だ。まして廃線になってから』なんてね。鉄道を毛嫌い、つまり忌避する理由は何かと訊いたら、『不吉だから』って答えるんだよ。鉄道忌避伝説にも色々あるけれど、不吉がって敬遠したなんて話は聞いたことがない。だけど、ここを通らないと線路が先まで敷けないからね。結局、町を迂回する形のルートが選定されて、手が打たれた。それでも町の住民らは嫌がって、毎年開業日には神主がお祓いをしていたっていうことだ」

「お祓いって、今も？」

「いやいや、廃線になってからはやめたらしいよ」

「判りません。どうして鉄道がそんなに不吉なんですか？」

訊かずにはいられなかった。

「判らないでもない。鉄道がやってくると、交通の便がよくなってありがたいよね。外から人や物が入ってきて、町が活性化する。でも、外から入ってくるものは、いい人やいい物ばかりとは限らない。中には歓迎したくないものも混じるだろ。だから、外と接する場所は本来、怖いところでもあるんだ。闇の領域という言い方もできる。駅なんかもそうだね。大袈裟に言えば異界への扉だよ。それはともかく、秩序や平穏を保ちたかったら、共同体は閉じている方がいいわけさ」

「徳川幕府が鎖国したみたいに、ですか？」

「うーん、ちょっと意味合いが違いそうだ。爺さんは、もっとオカルトじみたことを言った。『邪気が吹き込みやすくなる』とか」

「邪気なんて言うと恐ろしいな。だからお祓いをしたんですね？」

「列車が走っている間はね。交通、交易というのは、経済にとってはいいことだろ？　でも、それらは見ず知らずのものと交わってこそ成立するから、不安を伴う。一種のリスクだ。それを避けたがる臆病かつ健全な心理が、邪気なんていう概念をこしらえたんだろう」

「何だか難しい」

佐光は、滔々と続ける。

「あちこちに小さな共同体が散らばっていて、それぞれが貧しかった時代、外部から入ってくるものは禍をもたらすと考えられやすかった。反面、共同体の内部にあるものだけでは豊かになれないから、外部との接触は歓迎すべきことでもあったんだけれどね。たとえば、旅人という存在を考えてごらんよ。得体が知れず、無気味だろ？　とんでもなく悪い奴かもしれない。でも、見方を変えると、旅人なんてかもだよ。懐に金を抱えて、ひょこひょこ迷い込んでくるんだから、襲いかかって身包みを剝げば、たちまち共同体の富が増える。叩き殺せば、一番世話がなかっただろうな。そんなふうだから、旅人を受け入れる側も、旅人自身も、かつては命を懸けて接触したんだ」

「そんなものですか」

「うん。えーと、つまり何が言いたかったかというと……。そう。この町は昔々、旅人に手ひどい目に遭った歴史があるんじゃないか、と俺は想像するね。トラウマになるような出来事があったのかもしれない。だから外部に対して猛烈なアレルギーを持っていて、それが鉄道忌避という形で表われたのさ」

「佐光さんは、その仮説を検証するためにここへきたんですね。ふぅん、ちょっと面白いかも」

「だろ？　鉄道忌避のほとんどは伝説だが、本当に鉄道を撥ねつけた地域があった。それこそ、現在の〈愛の駅〉である。おいしいテーマだよ。まだ取材にかかったところだけれどね。今日が初日。土地勘を養うために、周辺をバイクで走ったり、廃線跡を歩いたりしたはかりさ」

「取材なのに、旅館も予約していなかったんですか？」

「行き当たりばったりが身上よ。ところで、今聞いたことは内緒にしてくれ。やっと見つけたとっておきのテーマなんだから。この取材のことも、誰にも話してないんだ」

「はい、言いません」

「よぉし。じゃあ、その印に少年よ、飲め。買い込みすぎたし、自分だけやるのは淋しい」

二人は缶ビールで乾杯した。正月に親戚が集まった時に、コップ一杯ぐらい飲んだことがある。

「おお、いい飲みっぷりじゃないか。未来の酒豪だ。だけど無理するな。倒れられては困るし、トイレが近くなるぞ。ああ、そんなことを言ったら小便の気配がしてきたじゃないか。行ってくるわ」

懐中電灯を手にして、佐光が出ていく。残された彼は立ち上がり、待合室の中を所在なく一周した。

片隅のテーブルに〈愛の駅メモリー〉と題したノートがあったので、ぺらぺらとめくってみた。暗いので、懐中電灯を取り出し、明かりを向けると、甘い言葉の羅列だ。馬鹿馬鹿しさが可笑しくて、拾い読みをした。

〈わたしの希望どおり、ここまでつれてきてくれた陽クンに感謝。これも愛ってことで〉

〈結婚して子供ができたら、絶対またこよう、と約束しました。むふ♡〉

〈愛の駅、サイコー。みんな幸せになれますように！〉

女性の書き込みが多い。男文字があるかと思うと、〈ふざけんじゃねーの。公共の駅を汚すな、バカップルども〉といった落書きだった。嫉妬しているようで、みっともないとしか思えない。最後まで目を通し、残りの白紙のページをめくっていたら、

〈たすけて〉

ぽつんと飛んだページの中央に、ボールペンで記された大きな文字が躍っていた。

〈て〉の字の最後はまっすぐ下に伸びていて、書き終える前に邪魔が入ったかのようだ。

——何、これ？

彼は訝(いぶか)しむ。ただの悪戯(いたずら)書きなのだろうが、乱れ方がひどく生々しいのだ。余白には、幾種類かの筆跡で別の書き込みがあった。〈たすけて〉への突っ込みだ。

〈お茶でものんでおちつけ〉

〈で、わたしに何をしろと？　ノートに書くひまがあればケータイせんかい。リアリティなし〉

〈愛の駅でレイプ、やめれ〉

明るいところで見たら笑えたかもしれないが、今は無理だ。気味が悪くなって、ノートを閉じた。

そこへ佐光が戻ってきたが、このことは話題にしたくなかった。趣味の悪い冗談の種になるのが嫌だったから。

「どうかした？」

「いいえ、別に。それより、何か面白い話を聞かせてくださいよ、佐光さん。笑えるようなやつ」

「あるよ。俺は失敗談の宝庫だ。爆笑ネタいってみようか」

「ぜひ。あ、その前に僕もトイレに行ってきます。話の途中で立ちたくないから」

外に出て、はっとした。

月が赤い。真っ赤だ。赤い月光が注いでいる。

――鬼月。

ますます嫌な気分になった。

暗いトイレで用を足している間、子供のように怯(おび)えてしまう。冷たい手がぽんと肩を叩くのではないか。振り向くと、白い着物姿の女が長い髪を垂らして立っているのではないか。そんな想像をしてしまい、自分の家に飛んで帰りたくなった。そして、佐光が駅寝に付き合ってくれてよかった、と感謝する。どれだけ心強いことか。

小走りで待合室に戻ると、ライターはベンチに横になって寛(くつろ)いでいた。目が眠たげにとろんとしている。

「アルコールがよく回るねぇ、今夜は。熟睡できそうだわ。君、ほんのり顔が赤いよ。もうやめた方がいいな」

反射的に頬に手をやると、わずかに熱を帯びていた。ビールのせいに違いないのだが、赤い月の光を浴びたせいではあるまいな、と思ってしまう。

――邪気を招くというて、縁起がよくないとされる月です。

――よろしくないものがくるので、家の外に出るなとか言われています。

「月が赤かったね」

佐光がつまらなそうに言った。

「イタリア語でルナ・ロッサというんだ。そんな題名のシャンソンがあったな。もともとカンツォーネだけれど。恋しいあの人もどこかでこの月を見ているのかしら、てな歌詞だよ。こんなだっけ」

調子のはずれた歌声が響く。それを適当なところで止めて、爆笑ネタとやらをせがんだ。

「おう、いこうか。俺がまだ駆け出しで、編集プロダクションの電話番をやらされていた頃の話だ。カメラマンからおかしな連絡を受けて——」

笑えなかったが、なごむ話だった。二つ目は、失笑してしまうような下ネタ。三つ目を話しかけたところで、佐光は大きな欠伸をした。

「朝が早かったんで眠い。まだ九時半か。宵の口だけど、寝ようかな。君も寝袋に入れよ」

「佐光さん、そのまま寝るんですか？　風邪ひきますよ」

「平気。俺、暑がりだから、これぐらいがちょうどいいの。悪いけど本当に寝るわ。おやすみ」

じきに鼾が聞こえだした。取り残された方は、することもないので時間を持て余す。

ラジオをつけようかとも思ったが、とりあえず佐光に言われたとおりリュックから寝袋を出してきて、もぐり込んだ。すると、昼間の疲労感が眠気を運び、知り合ったばかりの男の鼾を子守唄に、彼もたちまち寝入った。

どれぐらいたった頃か。

何となく目が覚めた。

ベンチの佐光が、もぞもぞと動いている。同じタイミングで睡眠が中断したようだ。佐光はゆっくりと体を起こし、頭を掻きながら靴を履く。それから腕時計を見て、

「十一時にもなってないのか」と呟いた。

「こうやって過ごすと、夜は長いですね」

「あれ、起きてたの？　俺が起こしちゃったのかな」

「いいえ、佐光さんのせいじゃありません。トイレですか？」

「うん、景気よく放出してくるよ。膀胱がぱんぱんだ」

「僕もです」

「じゃあ、先に行って。俺、後でゆっくりがいいわ」

促されて寝袋から這い出し、駅舎を出た。

赤い満月は、南の空高くにあった。空気が生暖かい。風はそよとも吹いておらず、

草木も眠り込んでいるようだ。

さっきほど怖がらずにトイレを使い、涼しい顔で待合室へ帰った。入れ違いに佐光が立つ。ライターは、『ルナ・ロッサ』とかいう歌を口ずさみながら出ていった。

――こんなところで寝ても、楽しくはないな。今度目が覚めた時は、朝になっているといいのに。

すぐには寝袋に入らず、軽く体を動かす。

静かだ。

耳を澄ませば心臓の鼓動が聞こえてきそうなほどに。

そんな静寂の中。

プシュ。

ホームの方で、空気が洩れるような音がした。

電車の扉が開閉する際、あんな音がする。しかし、今ここで聞くのが不思議で、彼は顔を上げた。電車が停まっていないのはもちろんのこと、ホームには何もなかったはずだ。

――気のせいだ。

そう思おうとした時、今度は部屋の中で異音がした。カサカサと紙が擦れる音。パタパタと、何かがはためくような音。徐々に大きくなっていく。それが何か判った途端、彼の皮膚はさっと粟立ち、全身の毛が逆立った。

壁に貼られた短冊とハンカチが、蝉か蜻蛉の羽のごとく小刻みに顫えている。隙間風もないというのに。しかも、次第に激しくなっていく。

――何？　これはどういうこと？

どんな説明も考えつかなかった。あまりのことに、四方の壁を見つめるばかりだ。独りでは耐えられないので、早く佐光に戻ってきてもらいたかった。

ホームで、また別の音がする。何かが動いている気配も。人間なのか動物なのかは判らない。緩慢な動作で、改札口に向かって進んでいるように聞こえる。佐光の名を大声で叫びたかったが、それがどんな結果を招くかは知れず、恐ろしくてできなかった。

何かが、くる。

改札口を通り抜け、駅舎に入ってきたようだ。砂袋で床を叩くような音だが、そのリズムからして足音だろう。しかも、一人もしくは一匹ではない。幾人もしくは幾匹かが、今やガラス戸一枚を隔てたすぐ向こうにいる。

彼は息を殺し、聴覚に神経を集中させた。戸の向こうでも、夥しい数の短冊やハンカチが音をたてていた。その中を、足音は進む。ガラスに、ぼんやりとした影が映ったかと思うと、二つ、三つと通り過ぎていく。直立歩行をしながらも、明らかに人間ではない。形も、動きも。既知のどんな生物にも似ていないのだ。一体二体と数えるしかない。しかも、どれも形状が異なっており、あるものは信じられないほど頭部が肥大し、あるものは腕を四本持ち、あるものは瘤だらけで、またあるものは毛の生えた尻尾らしきものを引きずっていた。

説明をつけようとすれば、つく。

――夢を見ているんだ。こんなことが現実であるはずがない。

そう思おうとするが、自分を騙すことはできない。すべては悪夢のような現実だった。

異形のものたちは、待合室には用がないらしく、駅舎の外へと出て行く。赤い月の下へと。早く立ち去ってもらいたいのに、その歩みは苛立たしいほどのろかった。それでも確実に遠ざかっているらしく、短冊とハンカチのざわめきが次第に鎮まる。あれらが放つ力が関係しているのだろう。

間違った時に間違った場所に居合わせたのだ。彼は悪寒に顫えながら、ここにきたことを後悔する。時計の針を戻して、今日をやり直したかった。

佐光のことを思い出す。そろそろ手洗いから戻ってくる頃だ。あれらと遭遇したら、どうなるのか？　案じられたが、とてもではないが声をあげて注意を喚起する勇気はない。

やがて何かが起きるだろう。彼は、自分の無力さを痛感しながら、じっと待つ。泣きたくなった。

得体の知れないものたちは、駅の前をうろついている。窓から覗けば、月光を浴びたあれらの姿が見えるかもしれない。だから彼は、窓から目をそむけたままでいた。

一体が手洗いの方へ歩きだしたようだ。佐光の運命が決した気がして、絶望感に襲われる。しかし、それは早いか遅いかだけの問題で、まもなく自分にも降りかかってくることにも思えてしまう。

〈たすけて〉

ノートにそう書き込んだ主は、あれらと出喰わしてしまったのかもしれない。自分も助けを求めなくてはならないが、携帯電話は使えない。いや、佐光のものがあるではないか。ライターは、バッグの外側についたポケットに携帯電話を入れていた。希望を見出して喜んだのも束の間、それを借りて１１０番しようとしたのだが、何故かかからなかった。あれらのせいなのだろう。まだカサカサと鳴る短冊の音が、彼を嘲笑っているかのようだ。

〈たすけて〉

あれを書いた者がどうなったのか、無性に知りたくなった。ノートは、ずっと待合室にあったのだろう。だとしたら、文字による絶叫は、ここで発せられたことになる。

あれらは、ガラス戸を開けて入ってくるのか？

――逃げないと。

だが、体が自由に動かなかった。動けたとしても、あれらは駅舎のすぐ前にいる。反対側のホームにだって、何が待ち受けているか判ったものではない。

佐光の声がした。短く「あっ」とだけ。

その直後、揉み合うような音がしたので、思わず耳をふさいでしまった。それでも、獣とも人ともつかない声が「あぐ」「おぐ」とわめくのが聞こえる。佐光は悲鳴をあげることもなかった。

彼は思い直す。助かるためには、まず状況をよく把握するべきだ。両耳に当てていた手を離して、懸命に外の気配を窺った。

と、駅舎のすぐ前で、ガチャンと音がした。自転車が倒れたらしい。スポークが回転する音。続いてオートバイも倒された。あれらのうちの一体が玩んでいるのか。

「うぐ」「えぐ」と喜ぶような声。

手洗いの方でも何かが行なわれているようだ。どんな行為なのか見当がつかないが、何か乱暴なことだろう。人間のものでない声には、怒りが滲んでいた。

――死ぬのかな。

そうであっても、こんなわけが判らない最期はつらすぎる。

恐怖のどん底まで落ちた彼の脳裏に、あることが閃いた。駄目でもともと、すぐに行動を開始する。旅に出た一日目に、神社の宮司からもらったお守りとお札をリュックから掘り出し、抱くように胸に押し当てたのだ。どんな霊験があるのかは知らないが、無力な彼はその呪力に頼るしか術がなかった。はたしてこんなものが役に立つのか、と疑いつつ。

あれらに動きがあった。駅舎の前に集まって、自転車とオートバイを小突き回している。呼吸が荒いのは、おそらく興奮しているからだ。

——ここに入ってこないでくれ。

切実にそう願う彼の目に、佐光が食べ残した弁当が映った。手を伸ばして引き寄せ、米粒をお札の裏に塗りたくる。そして、ガラス戸の隙間にしっかり貼りつけた。妙案に思えたのだが、これで助かると安堵はできない。

外で大きな音がした。見なくても判る。自転車とオートバイが破壊されているのだ。あれらが暴力をふるっている。佐光がどうなったか知れたのも同然だ。彼らをここまで運んできたものは、ひどく念入りに壊されているらしかった。

長い時間が流れた。

物音はしなくなったが、まだいる。

さらに気が遠くなるほど長い時間がたって、あれらが駅舎に戻ってきた。短冊とハンカチが、また騒ぎだす。惨劇のフィナーレを告げるかのように。

ガラス戸の前まできて、一体が立ち止まった。彼は部屋の隅まで這っていき、壁にもたれて、がたがたと顫える。できることは、もう何もなかった。

一分が過ぎ、二分がたつ。

黒い影は動かず、ガラス戸は閉じたままだ。中に入れないのだ。お札に効力があったらしい。

――そこにいてくれ。窓の方に回らないで。

はためくうちに糊が剝がれたか、何枚かの短冊がひらひらと床に落ちた。めくれ上がったお札の四隅が、苦しげに痙攣している。見えない力と闘っているのかもしれない。

――赦して。もう勘弁して。

お守りを握りしめたまま、彼は埃だらけの床に突っ伏す。

時間の感覚がなくなるほど、恐怖は続いた。

プシュ。

ホームで、いつか聞いた音がした。

身じろぎもしなかった影が揺れる。肩らしきあたりが。

それはしゃべれたのだ。影は、ガラス戸越しに彼に命じた。

「だれ、に、も……いう、な……」

ざらついた、憎悪すら感じる声だった。

馬鹿でかい舌がガラスをひとなめして、影は戸の前を離れた。

一体、二体と通り過ぎていくのが見えた。いずれもぼんやりとした影だ。五体はいた。それらは、この世界の土産にするのか、手に手に何かを持っていた。分解された自転車とオートバイの部品らしい。だがそれだけではなく、明らかに人間の腕や脚に見えるものもあった。

——だれ、に、も……いう、な……。

その命令が頭の中で谺（こだま）するのを聞きながら、彼は意識を失った。

目覚めるとすでに太陽が高く上っていたが、なかなかお札の封印を解くことができなかった。外に出ると自転車もオートバイも消えていて、佐光の姿はどこにもない。リュックを背負って町まで歩き、バスを乗り継いで帰った。佐光のバッグは駅に放ったまま。

フリーライターが謎の失踪（しっそう）を遂げたとか、〈愛の駅〉で不審な荷物が発見されたとかいうニュースは聞かない。どこかに問い合わせるつもりもない。

そして彼は、沈黙を守っている。アルバイトに就かないまま、二十歳を過ぎた。前に進めそうだと思ったのに、足がすくんでしまったのだ。

言うなと厳命されたから話さないが、書くことまでは禁じられていない。そう解釈して、彼は書くことにした。ノートパソコンを持ち出し、昼日中のハンバーガーショップで何日もかけ、歯を食いしばってがんばった。確かめたかったのだ。

その結論が出た。夢ならばここまで克明に書けない。

書いただけでも、あれらは罰を加えようとするだろうか？　しかし彼は、新月の夜であろうと昼間であろうと、あの駅に近づくことはないのだから、大丈夫。

それでも不安はある。逃げおおせた気がしない。

この手記を他人に読んでもらうつもりはないけれど、誰かの目に触れた時のために題名をつけておこう。いかにも小説めいた仰々しい題名を。そうしておけば、こんな文章も含めて嘘っぽくなる。

書き上げてはみたが、まだ救われた気がしない。

いつになったら前に踏み出せるのだろう。

彼は

いや、僕は、夜ごと顫えている。

（角川文庫『赤い月、廃駅の上に』に収録）

解説

朝宮運河（ライター・書評家）

今年（二〇二三年）、角川ホラー文庫は創刊三十周年を迎えた。一九九三年四月、ホラーの語を冠した日本で初めての文庫レーベルとして産声をあげた角川ホラー文庫は、今日まで数多くのベストセラー・話題作を世に送り出し、現代ホラーシーンの象徴的存在としてジャンルの発展に寄与してきたといえる。

本書『影牢　現代ホラー小説傑作集』は、その節目の年を記念して編纂された、角川ホラー文庫オリジナルのアンソロジーである。一九九三年以降に発表されたホラー短編の中から、現代ホラーの傑作と呼ぶにふさわしい八編を収録した。日本のホラー小説三十年の精華を収めた、まさに〝ベスト・オブ・ベスト〟ともいうべきアンソロジーになったように思う。

収録各編の解説に先だって、現代日本ホラー小説の歩みを簡単にふり返っておきたい。

わが国において「ホラー」というジャンル名が一般に広く知られるようになったのは一九八〇年代のことである。『13日の金曜日』（一九八〇年）、『死霊のはらわた』（一九八一年）などの特殊効果を駆使した、刺激の強いスプラッター映画の大流行によって、ホラーブームが到来。『ハロウィン』（一九八五年創刊）に代表されるホラーコミック専門誌が多数誕生するなど、出版界にもその影響は波及していく。

小説ではこの時期、夢枕獏、菊地秀行らの怪奇的・伝奇的なアクション小説が人気を博し、ホラー表現が読者に受け入れられる下地を作った。一方で朝松健、田中文雄、竹河聖などホラージャンルを明確に意識した新しい作家も活躍し始める。この時期（八〇年代半ばから後半）を日本ホラーの黎明期と呼んでいいだろう。

一九九〇年前後になると、スティーヴン・キングに代表される海外モダンホラーの影響下に、新しい娯楽小説としてのホラーを志向した長編が相次いで現れる。小池真理子『墓地を見おろす家』（一九八八年）、篠田節子『絹の変容』（一九九一年）、小野不由美『魔性の子』（同）、坂東眞砂子『死国』（一九九三年）。現代日本のホラーを象徴するキャラクター・山村貞子を生み出した鈴木光司『リング』の刊行も一九九一年。今日なお読み継がれる国産ホラーの名作が、数年のうちに集中して刊行されているのは壮観である。その結果、九〇年代初頭の出版界では、ホラーに熱い視線が注がれることになった。

こうした流れを受けて一九九三年、角川書店とフジテレビジョンは日本ホラー小説大賞を創設。それにあわせて日本初のホラー専門文庫レーベルである、角川ホラー文庫も創刊される。日本ホラー小説大賞からは瀬名秀明『パラサイト・イヴ』（一九九五年）、貴志祐介『黒い家』（一九九七年）などのベストセラーが誕生。日本ホラー小説大賞の創設と角川ホラー文庫の創刊は、ホラーがミステリやSFと並ぶ小説ジャンルとして自立するうえで、極めて重要な意味をもつ出来事であった。

ところで読者の中には、そもそもホラー小説とはどういうものなのか、という疑問を抱く方がいるかもしれない。ホラーの定義についてはさまざまな議論があるが、とりあえず〝恐怖を主題とした小説〟というのが最大公約数的な答えだろう。しかし恐怖といってもさまざまな種類があり、小説にも多くの形式がある。具体的にはどのような作品を指すのか。

その答えはまさに本書の中にある。本書に登場する作家たちは、草創期からホラーに携わってきたこのジャンルの先駆者であり、あるいは怪奇幻想文学への関心を早くから公言してきたよき理解者だ。そしていずれもエンターテインメントの第一線で長年活躍してきた実力派である。名手が腕によりをかけて執筆した八編には、日本のホラー小説の神髄が詰まっている、といっても過言ではないだろう。

収録作の選定にあたっては、ホラー小説としての完成度・達成度の高さを重視したのはもちろん、それぞれの書き手の個性が色濃く反映されたものであることも重視した。結果として、バブル崩壊後の東京湾岸を舞台にしたモダンホラーから、陰惨にして哀切な時代小説まで、多彩なモチーフ・テーマの作品が一堂に会することとなった。

以下、収録作について簡単なコメントを述べておこう。

鈴木光司「浮遊する水」

「リング」シリーズで知られる著者の第一短編集『仄暗い水の底から』(一九九六年)の巻頭を飾った作品。マンションの屋上で赤いバッグを拾ったことに端を発する異変が、シングルマザーの主人公を深い孤独へと追いやっていく。恐怖の対象を直接描かない暗示的な手法が、大都会を浮遊する暗い水のイメージと相まって、不気味な読後感をもたらす。二〇〇二年『仄暗い水の底から』のタイトルで映画化、後にハリウッドでリメイクもされた。

坂東眞砂子「猿祈願」

不倫の末に結ばれた男の実家に向かう語り手は、立ち寄った寺でのぼり猿という風習を知る。土俗的な題材を扱った短編集『屍の聲』(一九九六年)には、虐げられてきた女性たちの叫びが、怪異となって渦を巻いている。衝撃的な幕切れをもつこの作品も例外ではない。二〇一四年に逝去した著者は、各地の民間信仰に取材し、人間の欲望を力強く描く長短編を数多く残した。フォークホラーが人気を集める今、あらためて読み直されるべき作家だろう。

宮部みゆき「影牢」

『半七捕物帳』『青蛙堂鬼談』の岡本綺堂を敬愛する著者は、怪異を扱った時代小説を精力的に執筆している。そこには江戸の人々の暮らしが生き生きと描かれている一方、超自然的な存在が人の運命を左右してしまう瞬間が、容赦のない筆致で写し取られている。ある商家の崩壊を語った本作は、複数の解釈が可能なリドル・ストーリー的幕切れに工夫がある。粒よりの怪談集『あやし』（二〇〇〇年）の中でも、ひときわヘヴィーで陰惨な一作だ。

三津田信三「集まった四人」

初対面のメンバー三人と山に登ることになった語り手は、気まずい思いのまま山頂を目指す。姿を見せない発案者に何があったのか。「作家三部作」（二〇〇一～二〇〇三年）、『のぞきめ』（二〇一二年）など著者自身が語り手を務める一連の実話系ホラーは、後続世代にも大きな影響を与えている。ここでは著者得意のメタ的手法と民俗学的モチーフを盛りこんだ本編を『怪談のテープ起こし』（二〇一六年）から選んだ。不条理感覚に満ちた怪異描写が出色である。

小池真理子「山荘奇譚」

祟られたマンションを舞台にした『墓地を見おろす家』により、スティーヴン・キング風のモダンホラー長編に先鞭をつけた著者は、短編でも優れたホラーを発表。『水無月の墓』（一九九六年）、『異形のものたち』（二〇一七年）などの短編集には、独特の美と戦慄が横溢している。後者に収められた本編では、テレビマンが非現実の世界に魅入られていくさまが、練達の語り口で描かれている。著者が見た夢がもとになったという地下室の描写が実に不気味だ。

綾辻行人「バースデー・プレゼント」

伝説的デビュー作『十角館の殺人』（一九八七年）以降、本格ミステリを牽引してきた著者は大のホラー愛好家としても知られ、「囁き」シリーズ（一九八八～一九九三年）、「殺人鬼」シリーズ（一九九〇～一九九三年）など国産ホラーの重要作を早くから発表している。『眼球綺譚』（一九九五年）収録の本作は、記憶の不確かさ、という綾辻作品に通底するテーマを扱った幻想ホラー。くり返されるシュプレヒコールとともに浮かぶ映像は、怖ろしくも蠱惑的だ。

加門七海「迷い子」

元学芸員という経歴をもつ著者は、民俗学・宗教・オカルト・古典文学などに造詣が深く、それらの知識を生かした小説やノンフィクションで無二の存在感を示している。その根底にあるのは歴史を積み重ねてきた先人への敬意と、神や霊など見えない存在への畏怖の念だ。『美しい家』（二〇〇七年）に収められた本作は、東京の地下に眠る無数の死者の声に耳を傾けるかのような一編。重層的な語りによって、生者と死者の世界が二重写しとなり、読者を迷わせる。

有栖川有栖「赤い月、廃駅の上に」

『赤い月、廃駅の上に』（二〇〇九年）は本格ミステリの第一人者である著者が、鉄道と怪談という二つの偏愛対象を組み合わせた短編集。その表題作である本作は、鉄道忌避伝説という魅力的なモチーフを盛りこみながら、廃駅での恐怖の一夜を鬼気迫る筆致で描いている。ホラーのお約束に忠実な結末も嬉しい。著者はこの後、大阪の天王寺七坂を舞台にした『幻坂』（二〇一三年）を発表、怪談小説の名手であることをあらためて印象づけた。

最後に言い添えておくと、本書の姉妹編として『七つのカップ 現代ホラー小説傑作集』が同時刊行されている。両者を併読すれば、現代ホラーの手法・表現の豊かさをさらに知ることができるはずだ。

日本のホラー小説は、こんなにも刺激的で面白い。本書の編纂作業を進めながら、何度となく頭に浮かんだのはこのシンプルな事実だった。本書を手にした皆さんにも、同じように感じていただけると幸いである。

〈初　出〉

鈴木光司「浮遊する水」／「野性時代」一九九三年五月号

坂東眞砂子「猿祈願」／「小説新潮」一九九四年八月号

宮部みゆき「影牢」／「怪」第伍号一九九九年五月

三津田信三「集まった四人」／「小説すばる」二〇一四年九月号

小池真理子「山荘奇譚」／「小説　野性時代」二〇一七年九月号

綾辻行人「バースデー・プレゼント」／「野性時代」一九九四年二月号

加門七海「迷い子（まよいご）」／『紫迷宮』祥伝社文庫　二〇〇二年十二月

有栖川有栖「赤い月、廃駅の上に」／「幽」vol.9 二〇〇八年六月

影牢　現代ホラー小説傑作集

綾辻行人、有栖川有栖、加門七海、小池真理子、鈴木光司、坂東眞砂子、三津田信三、宮部みゆき　朝宮運河＝編

角川ホラー文庫　23960

令和５年12月25日　初版発行
令和６年２月10日　再版発行

発行者――山下直久
発　行――株式会社KADOKAWA
〒102-8177　東京都千代田区富士見2-13-3
電話 0570-002-301（ナビダイヤル）
印刷所――株式会社KADOKAWA
製本所――株式会社KADOKAWA
装幀者――田島照久

ISBN978-4-04-114203-5　C0193

角川文庫発刊に際して

角川源義

第二次世界大戦の敗北は、軍事力の敗北であった以上に、私たちの若い文化力の敗退であった。私たちの文化が戦争に対して如何に無力であり、単なるあだ花に過ぎなかったかを、私たちは身を以て体験し痛感した。西洋近代文化の摂取にとって、明治以後八十年の歳月は決して短かすぎたとは言えない。にもかかわらず、近代文化の伝統を確立し、自由な批判と柔軟な良識に富む文化層として自らを形成することに私たちは失敗して来た。そしてこれは、各層への文化の普及滲透を任務とする出版人の責任でもあった。

一九四五年以来、私たちは再び振出しに戻り、第一歩から踏み出すことを余儀なくされた。これは大きな不幸ではあるが、反面、これまでの混沌・未熟・歪曲の中にあった我が国の文化に秩序と確たる基礎を齎らすためには絶好の機会でもある。角川書店は、このような祖国の文化的危機にあたり、微力をも顧みず再建の礎石たるべき抱負と決意とをもって出発したが、ここに創立以来の念願を果すべく角川文庫を発刊する。これまで刊行されたあらゆる全集叢書文庫類の長所と短所とを検討し、古今東西の不朽の典籍を、良心的編集のもとに、廉価に、そして書架にふさわしい美本として、多くのひとびとに提供しようとする。しかし私たちは徒らに百科全書的な知識のジレッタントを作ることを目的とせず、あくまで祖国の文化に秩序と再建への道を示し、この文庫を角川書店の栄ある事業として、今後永久に継続発展せしめ、学芸と教養との殿堂として大成せんことを期したい。多くの読書子の愛情ある忠言と支持とによって、この希望と抱負とを完遂せしめられんことを願う。

一九四九年五月三日

怪談徒然草

加門七海

呪いは発動する。恐怖語りの神髄！

「平家が、まだピチピチしていて、とてもよろしゅうございましたね」と壇ノ浦の旅行を語る加門七海の恐怖体験。中国旅行中に重慶の旅館で出会った死神。無理やり造りを変えてしまったために氏子が次々と死んでしまった神社。付き合う男性が全員死んでしまった絶世の美女。今だに続いている東京都慰霊堂の話と、三角屋敷を巡る話（完全封印版）など——。伝説的最恐怪談実話集、待望の復刊。企画・三津田信三、解説・東雅夫。

角川ホラー文庫

ISBN 978-4-04-112809-1